I0831492

K.W. Woycicki

Polnische Volkssagen und Märchen

Salzwasser

K.W. Woycicki

Polnische Volkssagen und Märchen

1. Auflage | ISBN: 978-3-84609-896-7

Erscheinungsort: Paderborn, Deutschland

Erscheinungsjahr: 2014

Salzwasser Verlag GmbH, Paderborn.

Nachdruck des Originals von 1839.

Polnische
Volkssagen und Märchen.

Aus dem Polnischen

des

Inhalt.

Einleitung.

Zur Volks-Literatur gehören außer den Liedern und Balladen, den Anekdoten und Sprichwörtern, auch noch die Erzählungen, welche unter dem Namen von Sagen oder Märchen von Mund zu Mund wandern. Wie die ersten die wahre National-Poesie bilden, die zweiten aber das Buch der Philosophie, des Verstandes und der Erfahrung im Volke ausmachen, so sind ihm die Märchen das, was bei uns die historischen, die sentimentalen, die phantastischen und die Sitten-Romane sind. Bis auf den heutigen Tag noch werden in Polen und ganz Reußen die Erzähler hoch geschätzt, welche im ländlichen Kreise bei Winterszeit froh die langen Abendstunden verkürzen. In diesen Sagen aber findet man häufig eine historische Grundwahrheit, die mit einem dichten Gewebe von wunderlichen Mythen umgeben ist, — öfter noch findet man alt hergebrachte Vorurtheile darin und die ganze Gewalt des Aberglaubens; — hier und da blitzt auch manchmal ein alterthümlicher Gedanke aus der vorchristlichen Zeit hindurch. Oft giebt auch eine vergessene Sitte die Grundlage zu einem Märchen her.

Die Anzahl dieser Märchen in unserem Volke ist sehr bedeutend, aber es ist nicht so leicht, alle zu sammeln und zu erklären, und noch weniger möglich, daß eine Hand diese Masse zu bearbeiten vermöchte. Wenn ich zu meiner Sammlung slavischer Sprichwörter *) in unserer Literatur nicht geringe Vorarbeiten angetroffen habe, so sind dagegen unsere Sagen und Märchen, da ich mich mit ihnen zu befassen anfing, noch unberührt in meine Hände gekommen. Ich lasse sie also hinaus in die Welt als junge Vögelchen, die eben erst flügge geworden, und die ihres Fluges und ihrer Aufnahme auf der Erde, welche sie erzeugt hat, nicht gewiß sind.

Der Inhalt der Klechden macht eine dreifache Eintheilung nothwendig:

Zu der ersten Abtheilung gehören die alterthümlichen Ueberlieferungen aus der slavischen Zeit, wie z. B. von der Pest, vom Sturmwind, vom Wehrwolf und andere.

Zu der zweiten gehören die freilich historischen Personen, von denen aber unsere Chroniken gänzlich schweigen oder wenig Erläuterung geben. Hierher gehören ohne Zweifel die ältesten Helden, Männer von riesenhafter Stärke, deren Andenken das Volk in den Personen des Bergstürzers und Eichenreißers, des berühmten Räubers Madey und des Zauberers Twardowski bewahrt hat.

Zu der dritten und zahlreichsten Abtheilung endlich gehören die Märchen von Zaubereien und von Hexen, von verwünschten Prinzen und Prinzessinnen, von Wunderschlössern u. dgl. mehr.

*) Der gelehrte Verfasser hat eine äußerst fleißige und schätzenswerthe Sammlung polnischer und russischer Sprichwörter herausgegeben, die im Jahre 1835 erschienen ist. Anm. d. Ueb.

In allen diesen Erzählungen nehmen die verschiedenartigsten Gebilde der Phantasie und des Reiches der Wunder die Hauptstelle ein. Ueberhaupt sind diese Wunder so beliebt, daß sie nicht allein in den Klechden sich abspiegeln; die Einbildungskraft des Volkes ist so voll von ihnen, daß man wohl behaupten kann, sie gehörten zu seinem innersten Leben. Noch haben die finsteren Wälder, die Flüsse und Seen ihren alten Zauber und ihre Poesie nicht verloren: Geister aller Arten bevölkern die kleinreussischen Waldungen und die silbernen Gewässer des alten Bug und des weißen Stromes *) nicht minder, als die des historischen Goplosee's. Und nicht nur die Erde ist voll von diesen übernatürlichen Wesen, — auch in der Luft hausen sie schaarenweise.

Unter der Gestalt eines glänzenden Sternes erkennt das junge Mägdlein den Geliebten; — sie seufzt zu ihm empor und streckt die Hände nach ihm aus und will ihn umarmen. Die nächtlichen Irrlichter sind büßende Seelen aus dem Fegefeuer; — den heftigen Sturmwind regt nur der böse Geist auf, eben so wie er den alten Ofen einer verfallenen Hütte und die alte Weide bewohnt. Außerdem noch verkündet er in Eulengestalt den Tod und führt durch allerlei Gaukeleien den armen einsamen Wanderer auf täuschende Irrwege. Noch ächzen die gebannten Seelen in den Ruinen alter Schlösser, und das Grabesgeheul, das im Ohre des Volkes wiedertönt, ist gleich wie ein Seufzer gefallener Städte.

Auch die Verwünschungen haben ihre Kraft noch nicht verloren; die Schiffer erfahren noch den Sturm durch die Gewalt des **Wortes**. Mancher verwünschte Jüngling muß lange in Wolfsgestalt umher wandeln, und die verwünschte Nachkommenschaft großer und vornehmer Geschlechter, birgt unter dem Gefieder von Adlern, Raben

*) Früherer Name der Weichsel.

Anm. d. Ueb.

und Krähen ihre berühmten Namen und ihre alten Wappen *).

Die große Schaar von büßenden Seelen, unter den verschiedensten Gestalten ist in unserem Jahrhundert noch nicht verschwunden, — und wenn man auch von ihnen in den Städten nichts hört, so weckt doch in den Dörfern, an den Kreuzwegen, auf den Bergen und in den Wäldern ihr leises und schmerzliches Gestöhn, manches furchtsame Echo. Die Hörner der büßenden Jäger erschallen an den lichteren Stellen des Waldes, obwohl sie sich nicht mehr mit dem Brummen des Bären vermischen.

Zwar schneidet man den Gespenstern nicht mehr die Köpfe ab, durchsticht ihre Herzen nicht mehr mit fichtenen Stäben, und sucht ihre Gräber nicht mehr, auf schwarzen Füllen reitend; doch erscheinen sie noch immer in sichtbarer Gestalt und viele Sagen beschreiben diese Gespenster mit vollständiger Genauigkeit.

Noch immer reiten Hexen auf Schaufeln und Besen den Kahlenberg hinan, ob schon man sie nicht mehr, wie noch vor vierzig Jahren, zu Tode martert und ersäuft.

Ueberhaupt hat sich das Wunderbare und Phantastische in sichtbaren Nebeln über das ganze Slaventhum gelagert. Wie noch heute das reußische Volk, so glaubten früher die Weiß-Chrobaten und Masuren, daß Sonne und

*) In der Gegend von Dobromil geht noch bis auf den heutigen Tag unter dem Volke die Sage, daß sich ein jedes Glied der Familie Herburt nach seinem Tode in einen Adler verwandelt. Die polnischen, reußischen, serbischen, böhmischen und slowakischen Lieder stellen Beispiele von ähnlichen Verwandlungen auf. In einer polnischen Handschrift aus dem Jahre 1526 habe ich gelesen, daß die erstgebornen Töchter des mächtigen Pilezkischen Hauses, wenn sie vor ihrer Verheirathung starben, sich in Tauben verwandelten: die verheiratheten dagegen in Nachtvögel, und daß sie durch ihren Biß einem jeden Gliede dieser Familie seinen Tod vorher verkündigten.

Mond sich täglich in außerirdischen Höhlen, die mit reinem Brunnenwasser angefüllt sind, abspülen müssen, um immer in vollem Glanze zu leuchten. Und wiederum vernichtet dieses Sonnenlicht, der glühende Strahl, vor welchem die Gespenster fliehen, im Serberland den alten und berühmten Führer Trojan. — Wir wollen ein wenig bei dieser serbischen Klechde stehen bleiben.

Trojan, der Serberkönig.

1.

Gieb schnell mir mein Pferd! Bring rasch es hierher! Schon lang ist die Sonne verschwunden. Schon leuchten die Sterne, es leuchtet der Mond und der Thau glänzt schon auf den Wiesen. Kein Südwind weht mehr, und wenn er auch weht, so glüht er nicht mehr, sondern kühlt nur. Drum schnell nur zu Roß! Denn jeder Aufenthalt ist für mich verlorne Zeit. Mit klopfender Brust erwartet mich lang schon die schwarzäugige Jungfrau. Im Fluge des Sturmes, im Fluge des Aars flieg' ich hin auf schnellfüßigem Rosse; — denn die Nacht ist nur kurz, und der Tag ist so lang, und ich kann nur leben bei Nachtzeit.«

So rief Trojan, der König der tapfern Serber, welcher die Strahlen der Sonne nicht ertragen konnte; niemals hatte er das Licht des glänzenden Tages geschaut. Denn wenn auch nur Ein Strahl auf Trojans Haupt geschienen hätte, er wäre wie eine Regenwolke zerflossen und sein Leichnam wäre Thau gewesen.

2.

Der gehorsame Knappe zieht das Pferd aus dem Stalle. Trojan schwingt sich hinauf und will davon; der treue Diener jagt ihm nach.

»So luftig und kühl! die Zeit ist recht für mich!« ruft Trojan freudigen Sinnes: »Zwar leuchten die Sterne, zwar leuchtet der Mond, doch wärmen die bleichen Strahlen nicht. Der perlende Thau, wie Korallen so weiß, bedeckt die grünende Wiese; und in jedem Tropfen erblick' ich das Bild der Sterne und das Antlitz des Mondes. Welch' Schweigen herrscht und welche Stille! Nichts stört mein Sinnen; kaum daß manchmal die Eule vom finstern Walde her ihre trübe Stimme erschallen läßt.«

»O mein Gebieter,« erwiedert der Knappe; lieber mag ich die Sonne und den heißen Tag, wenn auch seine Strahlen wärmen und glühen; als die traurigen Schatten der Nacht. Da bin ich ganz blind und schwarz sind die lieblichsten Farben: das Veilchen, die Rose und die duftige Fliederblüte. Und bei Nachtzeit schläft Alles ein: Vögel, Menschen und Thiere; manchmal nur blitzt dem Wanderer aus dem Dorfe an der Landstraße ein einsames Lichtchen entgegen; manchmal nur weckt der treue Wächter des Hauses, wenn er einen Wolf oder was Fremdes spürt, durch sein Bellen das tönende Echo. Wie die Wellen des Meeres, wie das wogende Aehrenfeld, wenn es vom Winde bewegt wird, so schwanket und neigt sich nach allen Seiten das Echo. Auch kein Vogel unterbricht die nächtliche Stille: denn die Sängerin des Frühlings, die Lerche, fliegt in munterm Flügelschlage, von den Strahlen der Sonne geweckt, über den grünenden Rain und begrüßt mit der Sonne den weißen Tag; — Nachts schläft sie ein, wie jedes andere Wesen, um ihre Kräfte zu erfrischen. Und wir, o Herr, wir jagen im Schatten der Nacht und im nächtlichen Dunkel!« —

3.

Von weitem glänzte ein schöner Edelhof, — in jedem Fenster blitzte ein Licht. Dort wartete Trojans Liebchen auf die Umarmung des Freundes. Trojan ließ immer schwerere Streiche auf den Rücken des Rosses fallen und er flog dahin mit Pfeilesschnelle. Rasch geht's über die Brücke von Lindenholz und über den gepflasterten Hofplatz. Nun springt er vom Pferde und läuft in die wohlbekannten Säle.

Lange stand der Knappe, die Rosse am Zügel haltend, bis ihm der Schlaf die Augenlieder belastet. Endlich springt er in die Höhe und sagt bei sich selber:

— »O, wie krähen schon die Hähne! « — meinen König muß ich wecken. Weit ist noch der Weg zum Schlosse, bald beginnt der Tag zu grauen.«

Er naht sich der Thüre des Schlafgemaches, und klopft daran mit der kräftigen Hand.— »O Herr, wach auf! Wach auf, mein König! Bald beginnt es schon zu tagen. Laß uns schnell zu Pferde steigen und zurück zum Schlosse reiten.«

— »Stör' mich nicht in meinem Schlafe! « ruft dem Diener zürnend Trojan. »Ich weiß besser, wann der Tag graut, wann die Losung meines Todes — wann die Sonne ihre ersten Strahlen herab sendet. Warte draußen mit den Pferden! « —

Der gehorsame Knappe erwiederte kein Wort und wartete lange Zeit. Er schaut vor sich hin und mit Schrecken erblickt er das Grauen der Morgenröthe: — also läuft er eilig hinein, und klopft mit der kräftigen Hand noch stärker an die Thüre des finstern Schlafgemaches.

— »Erwache, Gebieter! « ruft er voll Verzweiflung; ›ich habe die Morgenröthe grauen gesehen. Wenn Du nur einen Augenblick noch weilst, so tödten Dich die Strahlen der Sonne. «

— »Einen Augenblick noch warte; alsogleich eil' ich von dannen. Kann ich nur das Pferd besteigen, eh noch wach die Morgenröthe wird, die klare Sonne glänzt, bin ich schon in meinem Schlosse.«

Der gehorsame Knappe wartet lange. Endlich kam Trojan, bestieg sein Roß und flog dahin mit Pfeilesschnelle.

4.

Kaum war er über den gepflasterten Hofplatz und über die Brücke von Lindenholz, da kommt ihm schon das klare Licht von jenseit des Berges entgegen.

— »Das ist die Sonne!« ruft erschreckt der Knappe.

— »Also ist der Augenblick meines Todes nur allzu nahe!« erwiedert Trojan mit verbissenem Ingrimm. »Ich will vom Pferde steigen und meinen armen Leib fest an die feuchte Erde drücken. Du aber wirf den Mantel über mich und um der Sonne Untergang hol' mich mit meinem Renner ab.« Und zitternd springt er von dem Rosse, schwach sinkt er auf die feuchte Erde: der treue Knappe wirft den Mantel mit Sorgfalt auf den armen König.

Eilt mit den Rennern nach dem Schlosse, klopfet an die Eisenpforte.

— »Oeffne, Pförtner, öffne eilig!« — ruft er ganz vor Schrecken bebend. Fiel herab die Kettenbrücke, läuft der Knappe in die Pforte, ruft die Diener all' zusammen. — »Wo ist der König? wo ist Trojan?« fragen Alle: er zeigt mit Thränen auf den Renner. »Auf dem Felde liegt der König, an der feuchten Erde liegt er; seinen Körper deckt ein Mantel, und um Untergang der Sonne hol' ich ab ihn mit dem Renner.«

5.

Es war ein schwüler Tag und es wehte kein Wind, und die Sonne brannte wie Feuer. Trojan unter seinem

Mantel zitterte vor Angst und Hitze, und er schwor in seinem Geiste, nie mehr, wenn er ganz davon kommt, je des Morgenroths zu warten.

Gingen Hirten Herden hüten und sie trafen auf den Trojan. Blicken hin, da liegt ein Mantel. Sie heben ihn auf und sehen einen Menschen; da zogen sie schnell den ganzen Mantel fort. Trojan schreit und beschwört sie bei allem was ihnen lieb ist: »Deckt mich wieder mit dem Mantel! laßt mich nicht im Feuer brennen!«

Fleht vergebens und beschwört sie, — denn es leuchtet klar die Sonne, und die Strahlen fallen grade auf Trojan's Antlitz. Plötzlich schwieg er, denn die Augen sind zwei Tropfen schon geworden: Kopf und Hals und Brust zerfließen, — bald hat sich der ganze Körper wie in Thränen umgewandelt. Und der Leichnam Trojan's blitzt noch einen Augenblick dem Thau gleich: doch der schwüle Strahl des Tages trocknet bald auch diese Tropfen.

6.

Um den Untergang der Sonne eilt der treue Knappe mit den Dienern des Schlosses in's Feld; — Trojan ist nicht mehr da. Nur den Mantel sieht er liegen, ringt die Hände, trauert heftig. — Vergeblich sind deine Thränen und deine Trauer; — sie erwecken nicht den König.

Von Trojan's Schloß ist jetzt nur Schutt noch übrig, in seinem finsteren Saale, wo die Sonne nimmer geleuchtet und geschienen hat, leuchtet sie jetzt den Schwalbennestern und trocknet sie die feuchten Wände!

Wir haben diese serbische Sage als Beweis angeführt, daß es auch in den anderen Zweigen des großen slavischen

Stammes nicht an dergleichen Erzählungen fehlt. Trojan schimmert durch den Nebel der Jahrhunderte eben so durch, wie unsere Bergstürzer und grausamen Madey's.

Unter der großen Anzahl alterthümlicher Klechden haben uns die Chronikenschreiber ein Märchen aus der wirklich slavischen Zeit aufbewahrt.

Es ist dies die Erzählung, welche uns Baschko, Andreas aus Zarnow und der berühmte Heraldiker Paprozki einstimmig überliefern. Unser Volk hat sie schon ganz vergessen; — und doch war sie früher in den Gegenden um Tyniez und Wisliza allgemein bekannt: ich muß ihrer also als eines wichtigen und merkwürdigen Denkmals dieses Zweiges unserer Literatur erwähnen.

Vor Zeiten lebte Walger oder Walter, Graf von Tyniez, da er im Auslande reiste, um des ritterlichen Wesens kundig zu werden, am Hofe des französischen Königs. Er war ein schöner Mann, von ungewöhnlicher Geschicklichkeit und großem Muthe; meist trug er in den Wettkämpfen und auf Turnieren den Dank davon und wendete aller Augen auf sich! — vorzüglich aber Helgundas, der Tochter des Königs. Ihretwegen nahm er das Amt als Obermundschenk an; und wenn er die Schalen auf die Tafel stellte, so bemerkte er, mit welchem Vergnügen sie auf sein Antlitz schaute, und wie sie jede Bewegung des schönen Höflings mit ihren Augen verfolgte.

An demselben Hofe lebte auch Arinald, ein deutscher Prinz. Dieser glühte von leidenschaftlicher Liebe zur Helgunda, wie sehr es auch immer ihre Verachtung erfuhr. Indessen erkaufte Walger, um die schöne Prinzessin noch mehr für sich einzunehmen, die Wachen im Schlosse, und jeden Tag stellte er sich unter ihr Fenster und sang mit lieblicher Stimme traurige Lieder.

Als Helgunda da erwachte, ward sie von dem Gesange des unsichtbaren Troubadours entzückt, ließ die Schloßwächter hereinkommen und fragte sie nach dem nächtlichen Sänger. Als diese, weil sie bestochen waren, nicht gleich die Wahrheit offenbaren wollten, und sich damit entschuldigten, daß der Sänger mit verhülltem Antlitz zu kommen pflege, drohte ihnen die Prinzessin mit dem Tode und zwang sie, Alles zu gestehen. Da erst fing sie an, den Walger noch inniger zu lieben und ihn in ihr Zimmer kommen zu lassen. Dort beschloß sie, aus Furcht vor ihres Vaters Zorn, mit ihrem Geliebten nach Polen zu fliehen.

Aber der eifersüchtige Arinald erfuhr das Geheimniß, eilte in sein Königreich zurück, durch welches auch Walger kommen mußte, und verbot den Fährleuten auf dem Rhein, weniger als eine Mark für die Ueberfahrt zu nehmen.

Bald folgte auch Walger mit seiner Helgunda und befiehlt den Schiffern, ihn so schnell wie möglich an's andere Ufer zu bringen. Diese verlangen voll Furcht ihre Bezahlung, doch Walger wirft ihnen das Geld vor die Füße, schwimmt durch den Rhein und eilt nach Polen.

Kaum hat Arinald erfahren, daß Walger schon über den Rhein ist, so bewaffnet er sich eilig, schwingt sich auf sein Roß und jagt dem Feinde nach. —

— «Steh Verräther!» ruft er ihm von weitem zu: «du hast die Ueberfahrt nicht bezahlt und des Königs Tochter gestohlen!»

— «Das lügst du!» erwiederte ihm Walger; «die Ueberfahrt habe ich bezahlt und des Königs Tochter geht freiwillig mit mir.»

Der heftige Arinald fordert ihn zum Zweikampf mit der Bedingung, daß dem Sieger die Prinzessin und die Waffen des Gegners als Beute zufallen sollen.

Der Kampf beginnt. Helgunda, die dem Walger wohl wollte, stand hinter ihrem Geliebten und war so dem Arwald ein mächtiger Anreiz. Der Deutsche, durch ihren Anblick erhitzt, drang so kräftig auf den Grafen ein, daß dieser weichen mußte und plötzlich seinen Schatz erblickte, für den der heiße Kampf geschlagen ward. Ihr Anblick gab ihm neuen Eifer; er geht wieder vor, wirft mit einem Hiebe den Feind nieder und tödtet ihn ohne Erbarmen. Nun zieht er ihm die Rüstung ab und mit der Siegesbeute kehrt er nach seinem Schloß zurück.

Doch kaum war er dort angekommen, als sich die Unterthanen heftig über den schönen Wislaw, den Fürsten von Wisliza, wegen seiner ewigen Unterdrückungen beklagten. Da Walger vergeblich um Gerechtigkeit bat, so rief er erzürnt seine Mannschaft zusammen, schlug in einer Schlacht Wislaw's Leute, ließ ihn selbst als Gefangenen in Ketten schmieden und in den Thurm vom Schlosse Tyniez werfen.

Nicht lange nachher mußte Walger, auf Befehl des Königs, mit seiner Schaar gegen den Feind an die Grenzen des Landes. Helgunda verzweifelte, da ihr Gemahl sie verließ. Als er nun lange Zeit nicht zurückkehrte, fing Helgunda mitten im Ueberflusse an zu schmachten, und vertraute einer treuen Dienerin die Klage: «daß sie jetzt weder Jungfrau sei, noch Gattin, noch auch eine Wittwe.»

Die Dienerin verstand sie und den eigentlichen Grund ihrer Klage; sie erzählte also der Herrin, daß im Schlosse ein schöner Gefangener sei, der sie befriedigen könne.

Man brachte also den schönen Wislaw herein und führte ihn, von den Fesseln befreit, in Helgunda's Gemach. Die treulose Gattin vergaß bald ihre Eide und floh selbst zuletzt mit dem Gefangenen nach Wisliza.

Nach Beendigung des Krieges kehrte Walger, mit Lorbeern bedeckt, nach seinem Schlosse zurück. Doch kaum war er auf dem Schloßhofe eingeritten, als er voll Verwunderung, daß ihn Helgunda nicht wie gewöhnlich am Thore empfing, die Dienerschaft befrägt, was sie wohl abhalten könne, und die schreckliche Antwort erhält, sie sei mit Wisliza geflohen.

Außer sich vor Verzweiflung und Rachsucht eilt er ohne Bedeckung, in derselben staubbedeckten Rüstung nach Wisliza. Helgunda war allein zu Hause, denn Wislaw war auf die Jagd geritten. Die listige Prinzessin läuft dem Walger entgegen, fällt ihm zu Füßen und verklagt Wislaw, daß er sie mit Gewalt aus Tyniez entführt habe; sie beschwört ihn, sich in die nahe Kammer zu verstecken, damit er an Wislaw, wenn dieser zurückkehrt, für die Unbill gerechte Rache übe.

Walger that wie ihm gerathen, doch zu spät erkannte er die Tücke des treulosen Weibes: denn auf ihr Geheiß ward er mit Uebermacht angefallen und in Fesseln geschmiedet. Und da Wislaw fürchtete, der Gefangene möchte entfliehen, so übergab er ihn seiner Schwester Ringa zur Bewachung. Dann ließ Wislaw auch noch, um den armen Walger stärker zu quälen, einen eisernen Stier in sein Gefängniß bringen, auf dem er sitzen mußte. Nahe bei seiner Zelle war das Schlafgemach Wislaw's und und Helgunda's, die sich einander vor den Augen des Gefangenen ihre ehebrecherische Liebe bezeigten. Walger war gezwungen, die treulose Gattin und den grausamen Verführer zu sehen; doch wie sehr es auch in seinem Innern tobte, kein Wort kam über seine Lippen.

Da erbarmte sich Ringa, die Wächterin, des armen Gefangenen. Sie war häßlich wie die Nacht, doch versprach sie ihm Befreiung aus der Schmach, wenn er sie ehelichen und das Leben des Bruders nicht antasten wolle.

— «Gut, gut! ich verspreche Alles, was du nur willst!» erwiederte Walger, der vor Begierde nach Befreiung glühete; «nimm mir nur diese schweren Fesseln ab und reiche mir nur mein geliebtes Schwert.»

Ringa öffnete die Schlösser an den Fesseln und gab dem Walger sein Schwert; es hing aber an einer eigenen Wand. Da Walger nun frei war, versteckte er sein

Schwert hinter sich und that, als sei er noch eben so traurig und düster wie zuvor.

Wislaw und Helgunda kamen wieder nach dem gewöhnlichen Orte, um mit einander zu liebkosen. Zum ersten Male redete sie Walger an.

— «Was würdet ihr wol sagen, wenn ich jetzt all' meine Leiden an euch rächen wollte?»

Helgunda war von Staunen und von Furcht ergriffen; sie sah sich um und bemerkte sogleich, daß Walgers Schwert nicht mehr an seinem Platze hing. Voll Angst sprach sie zu ihrem Buhlen: — «mein Wislaw! ach ich fürchte ihn; denn sieh, auch sein Schwert ist nicht mehr da.»

Doch Wislaw, welcher die Schwester treu glaubte, erwiederte mit einem verächtlichen Blick auf den Gefangenen:

— «Wenn er auch hundert Schwerter hätte, ich würde ihn nicht fürchten, ja ich verzieh' es ihm sogar, wenn er mich tödten wollte.»

Da wirft Walger die Fesseln von sich und springt mit gehobenem Schwert an der Liebenden Bett; mit Kraft läßt er die schwere Wucht auf's Lager sinken, und zwei stöhnende Seufzer bezeichnen der Schuldigen Tod.

Nachdem er so die Unbill gerächt, kehrt er mit Ringa nach Schloß Tyniez zurück. Die listige Schwester wußte aber Alles so zu verdecken, daß Wislaw's Höflinge und Ritter den Mord des Fürsten erst erfuhren, als Walger schon in seinem festen Schlosse saß.

Helgunda's Leiche ward in Wisliza beigesetzt. Der Chronikenschreiber Godzislaw Baschko sagt, daß er noch im Jahre 1242 Helgunda's Gesicht auf dem Grabmahl in Stein gehauen gesehen habe. Auch Paprozki will deutliche Beweise für die Wahrheit dieser Erzählung anführen.

Unserer Eintheilung zufolge wird das zweite Buch der Klechden als ein historisches angesehen werden müssen, als eine Chronik des Volkes, in welcher dieses die alten Helden, einen Räuber Madey und einen Zauberer Twardowski aufbewahrt; das erste Buch, als Ueberreste altslavischen Glaubens und altslavischer Phantasie aus vorchristlicher Zeit. Dahingegen trägt das dritte Buch, welches zugleich die größte Anzahl enthält, meistentheils einen ganz fremden Anstrich, obwol auch hier und da ein heimischer Gedanke auftaucht. Die Klechden des dritten Buches können als Wanderklechden betrachtet werden, und deswegen wol finden wir häufig eine große Aehnlichkeit derselben mit den asiatischen Märchen. Kein Wunder auch! denn viele Sagen haben unsere Ritter aus dem glühenden Himmelsstriche und den sandigen Wüsten Asiens in unser Land gebracht; und noch mehr brachten deren die Pilger, welche später nach Jerusalem wanderten, oder die sie von dem welschen, spanischen und französischen Pilgern lernten, deren Bekanntschaft sie in Rom, Loretto und anderen Wunderörtern machten. Diesen Pilgern verdanken wir auch die Einführung der geistlichen Schauspiele. Wenn sie aus Rom, Compostella, Loretto zurückkehrten, sangen sie Lieder von den heiligen Wundern die sie gesehen, von der Leidensgeschichte Christi, vom Leben der heiligen Jungfrau u. s. w. Sie setzten noch allerlei Fabeln und Possen dazu und das Volk jauchzte darüber. Schaarenweise sammelten sich diese Pilger in Städten und Dörfern, mit Singsang zogen sie herum, und gerne gab ein Jeder was er hatte den heiligen Brüdern. Ihre Mäntel und Hüte, die mit allerlei Thierschalen und Heiligenbildern bedeckt waren, unterschieden sie auch im Anzug von den gewöhnlichen Menschen. Man baute für sie auf Märkten und Kirchhöfen erhabene Bühnen: dann wurden die Gesänge mit Gesten begleitet. Aus der Nachahmung von Gesprächen entstand dann etwas unseren Theatern Aehnliches. Diese Fabeln und Wunder mußten einen mächtigen Einfluß ausüben, denn das Volk versammelte sich schaarenweise, um sie zu hören. Dann wiederholte man sie am heimischen Heerde; noch häufiger wurden sie umgestaltet, und so nahmen mit der Zeit auch viele vaterländische Vorstellungen und Begriffe orientalische Färbung an.

Ein recht getreues Bild eines solchen Pilgers finden wir in einem Lustspiele aus den Zeiten Siegmund's des Dritten, welches überschrieben ist:

> Die Fastnacht, oder eine Tragikomödie für die Fastnachtszeit; von neuem herausgegeben zur Belustigung aller Stände. 1622. 4.

Der unbekannte Verfasser führt darin einen Pilger auf, welcher das närrischste Zeug von der neuen Welt erzählt. Hier eine Probe:

Pilger.

Als ich das Land verließ erblickt' ich Felsen,
Gar mächtig hoch, die mir ganz nahe schienen,
Zwei Jahre ging ich, eh' ich sie erreichte,
Und immer glaubt' ich schon am Ziel zu sein.
Kaum war ich dort, am Körper ganz ermüdet,
So ruht' ich aus. . . . Und dann ein halbes Jahr
Sucht' ich den Weg den Felsen ganz umkreisend.
Bis endlich dann Kaufleute zu mir kamen,
Die mich den Weg zum höchsten Gipfel lehrten,
Auf einer Leiter, so von Vogelfedern
Gemacht war; kaum war ich hinauf (drei Monat'
War diese Reise lang) als ich entdeckte
Ein wundervoll Gehölz!

Saufbruder.

Wie sah es aus?

Pilger.

Mit wunderbaren Bäumen war's besetzt;
Nicht blos die Bäume die wir alle kennen,
Auch ungewöhnliche und nie geschne!
Von Eisen waren Bäume da, von Erz,
Von Gold nnd Silber, gold'ne Blätter auch,
Knospen von Edelsteinen und dergleichen.
Ja! was noch mehr, sie wußten auch zu sprechen,
Und was da werden soll zu prophezeihen.
In diesem Walde sah ich ferner noch
Ameisen, groß wie Elephanten, doch
Ich wagt' es nicht an sie hinan zu gehen.
Dann sah ich einen Floh, wenn ich nicht irre,
Der über mich wohl eine Meile sprang.

Saufbruder.

Dort ist wohl starker Frost?

Pilger.

Wenn jemand spricht,
So friert das Wort ihm in den Lüften fest,
Noch eh' es zu dem Ohr des And'ren dringt:
Und ist man fern, so frierts den ganzen Winter
Zu Eis, und thaut im Frühling wieder auf.

Aehnliche Beschreibungen findet man noch heut zu Tage im Volke. Hier ist z. B. ein Märchen, das im Krakauischen nnd bei den Masuren bekannt ist, und das in einiger Verbindung mit dem steht, was jener Pilger von den gefrorenen Worten erzählte.

«Ein armer Pilger gerieth einst unter Felsen, aus denen er nachher keinen Ausgang finden konnte. Er wartete den Sommer über und blieb auch den Winter da; der Winter aber war so streng, daß Vögel mit goldenem Gefieder vor Frost erstarrt zur Erde fielen. Der arme Pilger dachte schon an seinen nahen Tod, als er einen Zobel erblickte, der durch eine Ritze in den ungeheuren Felsen gekommen war. Er sieht genauer hin, und entdeckt zu seiner Freude, daß dort der Weg führt. «Hier ist also der Weg!» rief er aus: aber seine Worte gefroren und er selbst ward durch die große Kälte in einen Stein verwandelt.»

«Nach einiger Zeit verirrte sich ein anderer Pilger in denselben Felsen und konnte ebenfalls unmöglich einen Ausweg finden. Schon fing er an, zu verzweifeln und bitterlich zu weinen, als die Frühlingssonne mit ihrer ersten Hitze scheinend, die Worte des ersten Pilgers aufzuthauen anfing. Er sieht zu seinem Erstaunen die Worte da liegen, welche von Eis und schmutzigem Schnee bedeckt gewesen waren; die aber jetzt im freundlichen Grün ihm entgegen glänzten. Er nähert sich ihnen und liest den Ausruf: «hier ist also der Weg!»

»Da folgt er diesem Führer, findet den geheimen Ausweg und gelangt von dort gerades Weges nach dem heiligen Grabe.»

Hier schließe ich diese Einleitung, die zur näheren Verständniß der Klechden nicht unnöthig sein wird: nun mögen sie von selbst vor dem Richterstuhle des Verstandes und des Talentes ihren poetischen Werth vertheidigen. Nur eine vollständige Sammlung dieser uralten Sagen und Märchen kann, vereint mit eben so fleißigen Sammlungen der Volkslieder und Balladen den wahren Stempel des ächt slavischen Geistes entdecken und erläutern, dann auch zum Nutzen der Poesie und Geschichte jene reichen Fundgruben eines edlen Metalles eröffnen, das bis jetzt, ohne irgend einen Vortheil zu gewähren, in unverdiente Vergessenheit begraben war.

Klechden.

Erstes Buch.

1.

Die Pest.

Saß ein Reuße auf freiem Felde. Die Sonne glühte wie Feuer. Sieht er von weitem, daß etwas heran kommt; sieht nochmal hin — und es ist ein Weibsbild!

Sie war ganz in ein weißes Gewand gehüllt und schritt wie auf langen Stelzen einher. Zuerst erschrak er und wollte fliehen; aber das Gespenst hielt ihn mit seinen dürren Armen auf.

— «Kennst du die Pest? ich bin's! nimm mich denn auf deine Schultern und trage mich durch's ganze Reußenland: und laß kein Dorf und keine Stadt mir aus; denn allenthalben will ich hin. Du aber selbst befürchte nichts: Du bleibst gesund inmitten all der Todten.»

Und es schlingt seine langen Arme um den Hals des furchtsamen Knechtes. Der Reuße ging nun vorwärts, doch blickt er verwundert, gar keine Last zu fühlen, bald hinter sich: und immer sitzt noch das Gespenst ihm auf dem Rücken.

Kam zuerst nach einem Städtchen. Freude war auf allen Gassen, Tanz und Lustigkeit und Frohsinn. Blieb kaum auf dem Markte stehen, weht das Weibsbild mit dem Tuche; gleich geschah's um Tanz und Freude und der Frohsinn flieht von dannen. Wo er hinschaut sieht er bebend: Särge trägt man, Glocken läuten, voll von Menschen ist der Kirchhof; ist kein Platz mehr zum Begraben!

Auf dem Markte liegen haufenweise die Leichen der Menschen nackt und unbeerdigt!

Dann ging er weiter. Wo er durch ein Dorf kam, da wurden die Häuser öde und leer: und die Menschen flohen mit blassen Wangen, zitternd vor Furcht; und auf den Landstraßen, in den Wäldern und auf freiem Felde, hörte man herzzerreißendes Geschrei der Sterbenden.

Auf hohem Berge stand das Dorf, in dem der arme Bursche wohnte, auf dessen Rücken die Pest sich gehängt; dort war, sein Weib und seine Kinder und seine beiden alten Eltern.

Fing das Herz ihm an zu bluten! drum umgeht er seinen Weiler: hält mit kräft'ger Hand das Weibsbild, daß es ihm nicht springt herunter.

Und er schaut vor sich hin, und vor ihm fließt der blaue Prut, hinter demselben erheben sich immer höhere, grün belaubte Berge, weiter hin schwarze und die höchsten sind mit Schnee bedeckt.

Läuft nun gerade hin zum Flusse; springt hinein und taucht sich unter, will das Weibsbild auch ertränken, um sein reußisches Land vor Unglück und vor Pestluft zu bewahren!

Er selbst ertrank: doch die Pest, welche federleicht wog, und die er auch auf seinen Schultern nicht gefühlt hatte, konnte nicht untersinken und floh, durch diesen Muth erschreckt in die Wälder auf dem Gebirge.

So rettet er sein Dorf und seine Eltern, und seine Frau und seine kleinen Kinder, und all das ganze schöne Reußenland, wohin er nicht das böse Weibsbild trug.

2.

Der böse Blick.

I.

Es wohnte einmal ein reicher Edelmann in einem schön gemauertem Hause, nahe an dem Ufer des Weichselstroms. Alle Fenster des Edelhofes gingen nach der Flußseite hin: kein einziges zeigte die Landstraße oder die geräumigen Scheunen. Eine lange Lindenallee, die nach dem Edelhofe führte, war mit Gras und Unkraut bewachsen und leicht erkannte man daran, daß wohl nur wenige Nachbaren diesen einsamen Wohnsitz besuchten, und daß die alte Gastlichkeit von ihm verschwunden sei.

Der Herr dieses Hauses war erst vor sieben Jahren aus ferner Gegend hierher gezogen; aber die Bauern kannten ihn fast gar nicht und vermieden ihn selbst mit Angst und Zagen, denn man erzählte über ihn allerlei schreckliche Dinge.

Der Herr war an den Ufern des San von reichen Eltern geboren; aber das Unglück verfolgte ihn von der Wiege an. Der Herr hatte einen bösen Blick, welcher allen Menschen Krankheit und Tod brachte. Wenn er zur bösen Stunde seine Heerde ansah, so starb das arme Vieh vor seinen Augen; wenn er etwas lobte, so verdarb es sogleich. Die beiden Eltern waren vor Kummer über des Sohnes Schicksal gestorben und der verzauberte Herr — so nannte man ihn in der Umgegend, wo er durch seinen Blick unzähligen Schaden verursacht hatte, — verkaufte seine großen Stammgüter und zog an die Ufer der Weichsel, wo er das schön gemauerte Haus bewohnte.

Er litt keinen Menschen um sich und behielt nur einen alten Diener, welcher ihn schon als Kind auf den Armen getragen hatte und dem allein der böse Blick seines Herrn keinen Schaden that.

Der verzauberte Herr verließ selten sein Haus; — denn seinen Augen folgte Unglück, Krankheit und Tod. Darum saß auch immer im Wagen neben ihm der alte Diener: der sagte ihm, wenn irgend wo ein Mensch, ein Dorf, eine Stadt zu sehen war. Dann verdeckte der Herr mit den Händen die unglücklichen Augen, oder auch er heftete sie auf die Erde und blickte unverwandt nach einem Erbsenbüschel, das stets zu seinen Füßen lag. *)

Absichtlich hatte der Herr alle Fenster des schön gemauerten Hauses nach der Weichsel hin machen lassen; denn schon zwei Mal waren seine Scheuern in Brand gerathen, da er zur bösen Stunde auf sie blickte. Trotz dem verwünschten ihn noch die Schiffer und zeigten mit Furcht auf die großen Fenster des schön gemauerten Hauses, von wo aus der böse Blick schon manche Krankheit gebracht: und der Sturm beschädigte fast immer die Fahrzeuge, wenn sie am Landungsplatz, dem weißen Hofe gegenüber (denn so nannte man das schön gemauerte Haus) angelegt hatten.

Einmal faßte ein Schiffer sich ein Herz: er ruderte mit seinem Nachen ganz nahe an den weißen Hof und verlangte den verzauberten Herrn zu sprechen. Der alte Diener führte den kecken Fremdling in den Speisesaal. Der Herr saß eben bei Tische und ungehalten, daß ihn ein Fremder bei der Mahlzeit störte, blickte er streng auf den

*) Ein verderbliches Auge konnte Niemandem schaden, wenn man damit ein verwelktes Erbsenbüschel ansah; — nur wurde dann das Erbsenbüschel noch dürrer. Dieselbe Wirkung übten Basiliskenaugen auf eine Raute; — diese verlor dann ihr Grün und ihre Frische.

Eintretenden. Sogleich bekam der Schiffer ein heftiges Fieber, und sprachlos sank er an der Thüre zu Boden.

Der alte Diener brachte den Schiffer auf Befehl seines mitleidigen Herrn in den Nachen, gab ihm dann eine Menge Goldstücke und ruderte ihn an's entgegen gesetzte Ufer. Der kühne Schiffer war noch lange krank; da er aber später die ganze Geschichte erzählte, und nicht unterließ, den weißen Hof und den verzauberten Herrn recht schrecklich auszumalen, jagte dies den anderen Schiffern noch größere Furcht ein. Von der Zeit an wendete jeder Schiffer, wenn er vor dem weißen Hause vorbei kam, die Augen ab und betete leise zu allen Heiligen, und zitterte vor Angst, wenn Jemand vom bösen Blicke des verzauberten Herrn zu sprechen anfing.

II.

Zehn Jahre waren seitdem verflossen, und der weiße Hof war noch immer das Schrecken der Nachbaren und der vorbei fahrenden Schiffer. Niemand besuchte den verzauberten Herrn und der Unglückliche verlebte einsam alle Stunden des Tages.

Ein harter Winter quälte die Armuth des Landes. Schaarenweise heulten die Wölfe mit furchtbarer Stimme rund um das schön gemauerte Haus und der Herr des Hauses saß traurig am Kamin, auf dem ein großes Feuer brannte, und trübselig blätterte er in einem mächtigen Buche.

Schon hatte der alte Diener alle Thüren geschlossen und in derselben Stube wärmte er am anderen Ende des Heerdes die alten erstarrten Knochen und besserte dann und wann an seinem Fischernetze.

— « Stanislaw! » sagte der Herr, « hast du schon viele Fische in der Lume gefangen? »

— «Noch nicht viele, lieber Herr! aber für uns Beide wird es genug sein.»

— «Das ist wahr!» erwiederte der unglückliche Herr: «Wie viele Jahre schon sind wir Beide allein — o unglückliche Stunde, in der ich geboren bin! immer bin ich einsam und alle Menschen fliehen mich wie ein Ungeheuer!» Und er trocknete die Thränen, welche seine unglücklichen Augen benetzt hatten.

Plötzlich hörten sie draußen eine menschliche Stimme, die um Hülfe rief. Der Herr des Hauses erzitterte: denn lange hatte er keine menschliche Stimme gehört. Der alte Diener eilte hinaus und der verzauberte Herr folgte ihm mit der Lampe in der Hand.

Vor dem Thorwege hielt ein verdeckter Schlitten: neben dem Schlitten stand ein alter Mann um Hülfe rufend. Als er die Beiden aus dem Hause kommen sah, hob er seine ohnmächtige Frau herab; und der alte Diener half der erschrockenen Tochter, einer schönen Jungfrau, vom Wagen.

Man legte frisches Holz zu, brachte die ohnmächtige Mutter an das wärmende Feuer, und der Herr des Hauses ließ in geschäftiger Freude den alten Ungarwein aus dem Keller herauf holen und setzte dem alten Vater mächtige Humpen vor. Der Diener lächelte heimlich, da er das frohe Antlitz seines Herrn bemerkte. Der fremde Edelmann erzählte bei der Mahlzeit, auf welche Weise sie sich verirrt hatten, wie später eine Heerde hungriger Wölfe sie anfiel und wie die geschwinden Pferde sie kaum nach dem weißen Hofe hatten hinziehen können.

Nach dem Abendessen wurde Alles vom Schlitten gepackt und die ermüdeten Reisenden führte der Herr in ein warmes und bequemes Schlafgemach. Bald war es wieder still im weißen Hofe und das Kaminfeuer flackerte nur noch in schwachen Flammen.

III.

Es schlug Ein Uhr nach Mitternacht: der alte Stanislaw war am Heerde eingeschlafen. Da knarrte die Thür vom Schlafgemache des Herrn und der Verzauberte trat ganz ausgekleidet herein. Der alte Diener rieb sich vor Verwunderung den Schlaf aus den Augen und brummte:

— «Wie! schläfst der arme Herr noch nicht?»

— «Stille, alter Freund!» erwiederte der Herr mit froher Miene: «Ich kann nicht einschlafen und möchte niemals einschlafen, wenn ich immer so glücklich wäre wie heute.»

Und er setzte sich in den großen Lehnstuhl am Heerde und lächelte in sich hinein und fing an zu weinen.

— «Weine armer Herr! weine nur!» dachte Stanislaw bei sich selber: «mit den Thränen fließt dir vielleicht der böse Blick davon.»

— «Wenn mir der liebe Gott doch das gewähren wollte, woran ich jetzo denke» — sagte der verzauberte Herr: «ich wollte auch weiter nichts von dieser Welt verlangen. Dreißig Jahre schon lebe ich wie ein Einsiedler und wie ein Verbrecher: und doch hab' ich nie etwas Böses begangen und meine Seele ist rein vom Laster! nur meine Augen! o meine Augen!»

Tiefe Trauer beschattete sein Antlitz, das noch eben so freudig war; doch bald erschien wieder das Lächeln auf seinen Wangen und man konnte deutlich erkennen, wie wieder ein Hoffnungsstrahl an die Stelle des Kummers trat.

— «Alter Freund!» sprach er, und Stanislaw schaute fröhlich drein. «Ich werde vielleicht heirathen.»

— «Das gebe Gott!» rief der Diener aus: «aber wo ist denn eure Zukünftige?»

Der Herr erhob sich vom Sessel, näherte sich auf den Zehen der Seitenthür des Gemaches, wo die ermüdeten Reisenden schliefen und mit der Hand auf die Thür weisend sprach er leise: «dort!»

Stanislaw nickte mit dem Kopfe, als bestätige er die Wahl seines Herrn und er warf mit freudiger Geschäftigkeit eine Hand voll Holz in den Kamin. Sinnend kehrte der Herr in sein Schlafgemach zurück und der alte Diener brummte in seinen Bart: «Gott geb' es! aber diese Art Birnen wird auf keiner Weide reif!» Und allmälig schlief er ein.

IV.

Am folgenden Morgen erwachte der Reisende neu gestärkt und erfrischt. Doch war noch an keinen Abzug zu denken, denn seine Frau lag im heftigen Fieber.

Wer war froher als der Herr, da er erfuhr, daß die Fremden einige Tage in seinem Hause zubringen würden; und der alte Stanislaw fing schon an zu glauben, daß die Birnen auch auf Weiden reifen.

Der Gast war eben kein gar zu reicher Edelmann: aber obwol er nicht zu viel hatte, lebte er doch als ein ehrlicher Mann und ernährte sich redlich. Der freundliche Wirth gefiel ihm recht wohl und eines Tages sagte er zu seiner Frau, die schon viel besser geworden war:

— «Hör einmal Gretchen! scheint mir doch, als schnitte der Herr unserer kleinen Marie gewaltig den Hof: und wie ich sehe, ist auch sie ihm nicht übel geneigt. Nun, mir könnte das nur gefallen.»

— «Ih, das scheint dir nur so!» erwiederte die Frau, aber im Grunde war es ihr lieb, da ihr Mann nur dasselbe sagte, was sie sich schon lange im Stillen gedacht.

— «Der Mann ist nicht arm; er ist kein Springinsfeld; es fehlt ihm überhaupt an nichts, — »fuhr der fremde Edelmann fort, indem er in der Stube auf und abging: «und unsere Dirne ist auch nicht bucklich und ist eben alt genug, um in den Ehestand zu treten und gesunde Kinder zu gebären.»

Nach dem Abendessen trank der alte Gast wieder den trefflichen Ungarwein, strich sich mit Wohlgefallen den grauen Knebelbart und hörte mit sichtlicher Freude, wie ihn der Herr des Hauses demüthig um seine Tochter bat.

— «Ihr habt mir gut gefallen, Herr Bruder,» erwiederte er nach langer Pause: «und da ihr nicht erst nach der Aussteuer fragt und an eurem eigenen Brote genug habt, so mag sie denn meinetwegen in eurem Hause den Rocken spinnen und tüchtige Jungens gebähren.»

Ein Vierteljahr darauf führte der verzauberte Herr sein Weibchen heim. Gras und Unkraut verschwanden an der langen Lindenallee, denn eine Menge Wagen und Pferde rollte ohne Unterlaß hin und her. Verwandte und Freunde der schönen Braut kamen schaarenweise zur Hochzeit nach dem weißen Hofe. — Einige Tage später war es wieder so still wie zuvor, und auf der langen Lindenallee wuchs von neuem Gras und garstiges Unkraut.

V.

Der Winter kam wieder und die Hausgenossenschaft im weißen Hofe, hatte sich nur um die Herrin des Schlosses vermehrt.

Die zahlreiche Dienerschaft, welche der Herr angenommen hatte, lief davon, als sie erfuhr, daß ihr Gebieter den bösen Blick habe. Einige, die geblieben waren, wurden bald von schweren Krankheiten darnieder geworfen. Die junge, schöne Frau wälzte sich in heftigen Wehen auf dem reichen Lager; nur der liebende Gatte drückte ihr mit abgewandtem Gesicht die erstarrten Hände.

Das arme Weib wußte recht wohl vom bösen Blick ihres Mannes; sie wußte, daß dadurch ihre Leiden und

Schmerzen vergrößert werden: aber dennoch flehte sie in aufrichtiger Liebe den Bekümmerten, er möchte nur Einmal sein Antlitz ihr wieder zuwenden. — «Meine Maria!» rief der Unglückliche mit tiefem Seufzer aus: «ich kann mit dir nicht glücklich sein, so lang' ich diese Augen habe: o reiß' sie mir aus! Hier ist ein scharfes Messer und von deiner Hand wird's mich nicht schmerzen.»

Die arme Frau schauderte bei diesem schrecklichen Verlangen und der verzauberte Herr sank auf einen Stuhl und fing an, bitterlich zu weinen. — «Wozu nützt mir denn die Gnade Gottes, wozu nützt mir all das Glück, was der Mensch mit seinen Augen fühlt, wenn meine Augen Trauer und Unheil verhängen! Du bist krank, meine Maria! ach, selbst das schöne Bäumchen würde ja verdorren, wenn ich zur bösen Stunde darauf schaute. Aber sei ruhig; unser Kind wenigstens soll diese Augen nimmer erblicken: — Ihm sollen sie nicht schaden und es wird dem Andenken seines Vaters nicht fluchen können!»

Ein leises Stöhnen war die Antwort der kranken Gattin.

Der verzauberte Herr ging hinaus und nur der alte Diener blieb bei der Gebieterin. Plötzlich hört man zweifaches Geschrei von den beiden äußersten Seiten des weißen Hofes.

Auf der einen Seite, im Schlafgemache der jungen Frau, schrie ein neugebornes Kindlein. Auf der anderen, im Saale wo das Kaminfeuer brannte, erscholl das herzzerreißende Geschrei eines Mannes. Das Weinen im Schlafgemache verkündete, wie ein neuer Mensch so eben die Strahlen der Sonne begrüßt; der Schrei des Mannes verkündete, wie der Vater des Kindes auf ewig vom Tageslichte den furchtbaren Abschied genommen hatte. Zwei Augen fielen, wie glänzende Krystallkugeln, mit dem blutigen Messer zur Erde.

VI.

Sechs Jahre später gab eine Reihe glänzender Fenster wieder die Aussicht ins schöne Dorf und auf die gefüllten Scheuern. Die Schiffer hatten am Fuße des weißen Hofes einen herrlichen Landungsplatz. Die Herrin des Hauses war gesund und munter, und ihre größte Freude war ein engelschönes Töchterlein, das den blinden Vater im Dorfe umher führte.

Die Landleute, welche früher den verzauberten Herrn geflohen hatten, gingen nun freundlich heran, wenn sie den Blinden mit seinem kleinen Kinde auf dem Spaziergang erblickten. Allenthalben verschwand die Grabesstille, denn zahlreiche Dienerschaft erfüllte die einst so einsamen Hallen des weißen Hofes.

Der alte Stanislaw hatte gleich an jenem traurigen Tage die verderblichen Augen tief neben der Gartenmauer vergraben. Einmal ergriff ihn die Neugierde zu wissen, in welchem Zustande sie da unten sich wol befinden. Immer noch glänzten ihm die Augen wie Leuchten entgegen: doch kaum hatte ihr Glanz sein Angesicht getroffen, so befiel ihn ein heftiges Zittern, er sank um und starb.

So hatten dem alten Diener zum ersten und zum letztenmale die verderblichen Augen des verzauberten Herrn geschadet. Einige aber wollten wissen, daß sie ihm früher deswegen keinen Schaden gethan, weil ihn der Herr so sehr geliebt; das Herz nahm dem Blicke seine Gewalt: nun aber hatten sie in der Erde neue Kraft bekommen und den redlichen Diener getödtet!

Der blinde Herr betrauerte ihn von ganzer Seele. Auf seinem Grabe ließ er ein schönes Kreuz errichten, vor dem die Schiffer zu beten pflegten, wenn sie am weißen Hofe landeten.

3.

Das Hasenherz.

Auf einer Insel in der Weichselmitte, stand ein großes Schloß vor Jahren, ganz mit Mauern rund umgeben. In allen Ecken mächtige Basteien, und viele Fähnlein wehten drauf im Winde, und viele Wachen standen dicht daneben. Eine lederne Kettenbrücke verband die Insel mit dem anderen Ufer.

In diesem Schlosse wohnte ein Ritter, ein tapfrer und berühmter Krieger. Und wenn die Kriegsdrommete schallte am Eingangsthore jenes Schlosses, that sie die Rückkehr kund des Herrn, ruhmvollen Sieg und reiche Beute.

In unterirdisch tiefen Löchern sind die Gefangnen eingeschlossen. Und täglich mußten sie zur Arbeit: bald an den dicken Mauern bessern, den schönen Garten bald bestellen. Ein altes Weib war unter ihnen, ein altes Weib, eine alte Hexe; der Hexe Mann war auch gefesselt. Die Hexe schwor den Mann zu rächen.

Lauert also auf die Stunde, wo den Herrn allein sie antrifft. Müde bald vom Kampf und Wachen sinkt er auf den grünen Rasen, und ihm schließt der Schlaf die Augen.

Heimlich lauert dort die Hexe, schüttet Mohn auf seine Augen, daß er nicht so früh erwache, und mit einem Fichtenzweige stößt sie an die offene Brust ihn, wo das Herz des Menschen pocht.

Und die Brust thut sich auf und man sieht das rothe Herz, wie's beständig schlägt und zittert. Teuflisch lächelt drob die Hexe, strecket aus die magern Arme, und mit ihren langen Fingern greift sie leise nach dem Herzen; zog es aus der Brust so leise, daß der Ritter nicht erwachte.

Nahm das Herz dann eines Hasen, das sie schon bereit gehalten, — legt es in die Brust des Ritters und verschließt die Oeffnung wieder. Ging dann selber auf die Seite, legt sich hin im dichten Busche, will des Zaubers Folgen sehen.

Noch war der Ritter nicht erwacht und schon fühlt er das Hasenherz! er, der früher keine Furcht gekannt, er zitterte nun ängstlich und warf sich von einer Seite auf die andere. Da erwacht er: seine Rüstung scheint ihm zu schwer; kaum erhebt er sich, — und schon vernimmt er das Bellen der Hunde!

Wenn früher die muntere Meute das Wild im Walde verfolgte, so hüpfte das Herz ihm vor Wonne. Jetzt aber flieht er erschrocken, er flieht wie ein furchtsamer Hase! Kaum ist er in seinem Gemache, so schreckt ihn die eigene Rüstung, das Geklirr der silbernen Sporen, der Speer mit den rühmlichen Scharten: drum wirft er die Rüstung zu Boden und sinkt ermattet aufs Lager.

Früher träumte er im Schlafe nur von Kampf und Siegesbeute: jetzo stöhnt und ächzt er traurig; jedes Bellen seiner Hunde, jeder Anruf seiner Wache, die am Feuer auf den Wällen wachsam schützt vor einem Anfall, schreckt den Armen auf dem Lager. Wie ein Kind birgt er das Antlitz tief hinein ins weiche Kissen.

Bald umringten mächtige Schaaren blutgieriger Heiden das Schloß. Die Ritter und Soldaten erwarteten ihren Herrn, der sie immer in den Kampf und zum Siege geleitet. Aber sie warten vergebens! als der einst so tapfere Ritter das Geklirre der Waffen und das Geschrei der Krieger und das Wiehern der Rosse vernahm, floh er aufs Dach des Schlosses und erblickte von dort aus zuerst das zahlreiche Heer der Heiden.

Da gedachte er seiner alten Kriegszüge, seines Ruhms und seiner Siege. Er fing an bitterlich zu weinen wie ein Biber; dann seufzte er tief und sprach mit trauriger Stimme:

— «O Gott du mein Herr! o gieb mir nur Muth, gieb die alte Kraft und die Kühnheit! Es wehen schon lang auf dem Schlachtfelde dort meine Fahnen hoch in den Lüften; und ihr Herr, der immer voran sie geführt, der blickt heut so furchtsam wie ein Mädchen aus dem höchsten Fenster seines Schlosses feig hinunter auf die tapfren Schaaren. Gieb mir mein Herz wieder, daß es nicht zittere — gieb mir die Kraft wieder, daß ich meine Rüstung ertrage; belebe mich mit neuer Jugendkraft und schenke mir den Sieg!»

Diese Erinnerungen erweckten ihn gleichsam aus dem Schlafe: schnell kehrt er in sein Gemach zurück, ergreift die Rüstung, schwingt sich aufs Pferd und reitet zum Schloßthor hinaus. Freudig begrüßte der Thorwächter seinen Herrn und zeigt es den Uebrigen durch den Schall der Trompete an. Indessen reitet der Herr davon; doch stete Furcht beherrscht ihm seine Gedanken. Und als sich die Ritter voll kühnen Muths auf die heidnische Schaar stürzen, da wendet der Herr des Schlosses in tödtlicher Angst den schnellfüßigen Renner und flieht in die feste Burg.

Athemlos kommt er in dem Schlosse an, — doch auch hinter den mächtigen Mauern verläßt ihn die heimliche Furcht nicht. Eilig wirft er sich vom Pferde, flieht in eine Eisenkammer und kraftlos erwartet er den ruhmlosen Tod.

Endlich haben seine Ritter die Heiden geschlagen und der Wächter verkündet vom hohen Thurme die Rückkunft der siegreichen Fahnen. Voll Verwunderung suchen Alle den Herrn des Schlosses, der sich zum ersten Mal in schmählicher Flucht beschimpft; endlich fanden sie ihn halb todt in der eisernen Kammer.

Der unglückliche Ritter lebte nicht mehr lange. Den ganzen Winter hindurch wärmte er den zitternden Leib am Kaminfeuer des Schlafgemaches. Und als der Frühling gekommen war, öffnet er eines Tages das Fenster, um frische Mailuft einzuschlürfen. Da flog eine Schwalbe vorbei, die sich unter dem Dache ihr Nest gebaut, und im Fluge traf sie mit dem schwärzlichen Flügel die Schläfe des Ritters.

Der Schlag war tödtlich. Wie vom Blitze getroffen sank er nieder und nach kurzem Leiden war er verschieden.

Aufrichtig beweinten und betrauerten Alle den guten Herrn, doch wußte keiner, was ihn so verwandelt hatte. Erst ein Jahr darauf, als man alle Hexen ertränkte, weil sie den Regen zu lange aufgehalten hatten, bekannte jene Hexe selber, daß sie das muthige Herz des Ritters in ein Hasenherz verwandelt. — Da erkannten die Menschen, weshalb der einst so kühne Krieger so furchtsam geworden war; sie betrauerten und beweinten ihn noch heftiger und verbrannten auf seinem Grabe die böse Hexe bei lebendigem Leibe.

4.

Der Windreiter.

Ein Zaubrer zürnte einem jungen Knechte. Voll Wuth ging er in seine Hütte und ein neues scharfes Messer steckte er in die Schwelle des Hauses. Dabei that er die Verwünschung: «sieben Jahre soll der Bursche auf dem schnellen Sturmwind reiten, durch die weite Welt getragen.»

Ging der Bursche auf die Wiese, legt das frische Heu in Haufen. Da erhebt sich plötzlich ein Sturmwind: wirft die Haufen auseinander, reißet mit sich fort den Burschen. Sucht vergebens sich zu halten, faßt vergebens mit den Händen bald den Zaun und bald die Bäume; wider Willen treibt ihn vorwärts eine unsichtbare Gewalt.

Auf den Flügeln des Windes fliegt er wie eine wilde Taube und seine Füße berühren nicht mehr die heimische Erde. Schon ist die Sonne untergegangen und der arme Knecht blickt mit Heißhunger auf den duftenden Rauch aus den Schornsteinen seines Dorfes. Fast berührt er sie mit Füßen; doch vergebens schreit und ruft er: und vergebens weint und klagt er: niemand höret seine Klagen, niemand sieht auf seine Thränen.

Und so reitet er drei Monden, ewig Durst und Hunger leidend, trocken wie ein Fichtenapfel; manches Land hat er durchflogen, doch am meisten trägt der Wind ihn nach dem Dorfe, wo er wohnte.

Weinend sieht er seine Hütte, wo das schöne Liebchen wohnte. Sieht sie treten aus dem Hause; Mittagsbrot trägt sie im Korbe. Und er streckt die dürren Hände flehend aus nach der Geliebten. Ruft vergebens ihren Namen; kaum erschallt die schwache Stimme, und sie blickt nicht mal nach oben.

Er fliegt weiter: steht der Zaubrer vor der Thüre seiner Hütte; blickt hinauf und ruft verspottend: «Sieben Jahre wirst du reiten, über diesem Dorfe fliegen, wirst du leiden und nicht sterben.»

— «O mein Vater! alter Falke! wenn ich jemals dich erzürnet, so vergieb mir! schau! die Lippen sind mir schon ganz hart geworden: mein Gesicht, meine Hände, sieh her! lauter Knochen! O habe Erbarmen mit meiner Qual.»

Und der Zaubrer flüstert leise, hört der Bursche auf zu fliegen. Bleibt an einem Orte stehen, doch berührt er nicht die Erde.

— «Gut, daß du mich reuig anflehst! doch was meinst du mir zu geben, wenn ich dir die Qual erlasse?»

— «Alles was du wirst verlangen!» und er faltete die Hände, kniete nieder in den Lüften.

— »Ueberlasse mir dein Mädchen, denn zur Frau will ich sie haben: wenn du sie im Guten abtrittst, kommst du wieder auf die Erde.«

Der Knecht verstummte; endlich dachte er bei sich selber: wenn ich nur erst wieder auf der Erde bin, werd' ich mir schon zu helfen wissen.

Er sagte also zum Zaubrer: »Fürwahr, ihr verlangt ein großes Opfer von mir; aber weil's denn nicht anders sein kann, so sei's.«

Fing der Zaubrer an zu blasen, und der Knecht kam auf die Erde. Wer war glücklicher als er, da er wieder den festen Grund unter sich fühlte und nicht mehr in der Gewalt des Windes war.

So schnell wie möglich lief er nach seiner Hütte und an der Schwelle begegnet er der Geliebten. Sie schrie laut auf vor Erstaunen, da sie den verschwundenen Knecht erblickte, den sie schon lange beweint und betrauert hatte. Doch stieß sie dieser kräftig mit den dürren Händen zurück und trat eilig in das Wohnzimmer. Hier saß auf seinem Stuhle der Bauer, bei dem er gedient hatte und halb in Thränen redete ihn der Bursche an:

— »Ich werde nicht mehr bei euch dienen und eure Tochter kann ich auch nicht heirathen. Zwar lieb' ich sie noch immer und habe sie wohl noch mehr lieb als meine eigenen Augen, aber heirathen werd' ich sie doch nicht.»

Verwundert sah ihn der alte Bauer an und da er auf dem bleichen und abgemagerten Gesicht die Spur von Leiden erblickte, so fragt er ihn, weshalb er die Hand seiner Tochter ausschlagen wollte?

Der Bursche gestand Alles, vertraute ihm seinen Luftritt und das Versprechen, welches er dem Zaubrer gegeben. Als der Bauer die ganze Erzählung zu Ende gehört, hieß er den armen Knecht frischen Muth fassen und begab sich darauf mit einem gefüllten Säckel zu einer Wahrsagerin.

Abends kehrte er munter zurück. Er nahm den Burschen bei Seite und tröstete ihn:

— »Morgen früh, sobald es Tag wird, geh zur Wahrsagerin und du sollst sehen, Alles wird noch gut.«

Der ermüdete Knecht verbrachte zum ersten Male nach drei Monaten eine Nacht auf dem gewohnten Lager; dennoch erwachte er noch vor dem Grauen der Morgenröthe und sogleich ging er zur Wahrsagerin. Er traf sie am Heerde, damit beschäftigt, verschiedene Kräuter ins Feuer zu werfen. Auf ihren Befehl mußte er im Winkel stehen bleiben, bis plötzlich — es war ein heiterer Tag — sich ein heftiger Sturmwind erhob, daß das ganze Haus erzitterte.

Da führte ihn die Wahrsagerin auf den Hof und ließ ihn noch oben hinauf sehen. Er erhebt seine Augen und sieht — o Wunder! — den bösen Zauberer, mit einem bloßen Hemde angethan, sich in der Luft im Kreise drehn.

— »Da ist dein Feind! der soll dir nicht mehr schaden. Wenn du willst, daß er deine Hochzeit mit ansehen soll, so thue so wie ich es dich gelehrt und er wird dieselben Leiden erdulden, die er für dich bereitet hatte.«

Voll Freude lief der Knecht nach Hause und einen Monat darauf hielt er schon fröhliche Hochzeit. Als die Hochzeitgäste tanzten, trat hinaus er auf den Hofplatz, blickte nach oben und sieh! über der Hütte drehte sich wieder der böse Zauberer im Kreise. Da nahm er ein neues Messer, zielte lange und schleuderte es mit voller Kraft grade in seinen Fuß.

Der Zaubrer fiel herab, denn das Messer heftete ihn an die Erde, die ganze Nacht stand er vor dem Fenster und mußte die Freude des Knechtes und der Gäste mit ansehen.

Am folgenden Tage war er von der Hütte verschwunden; aber einige Leute sahen ihn noch über den See fliegen: vor ihm und hinter ihm schwärmte ein Heer von Raben und Krähen, und diese verkündeten durch ihr abscheuliches Geschrei den endlosen Ritt des bösen Hexenmeisters.

5.

Der Teufelstanz.

Dreht der Sturmwind sich im Kreise und fegt er den trockenen Flugsand, ist's der Tanz des bösen Geistes. Dann verschließe alle Fenster in der Hütte, denn das Böse kann dir in die Knochen fahren. Hast du aber Muth und wagst du deine Seele gegen Schätze, nimm ein neues scharfes Messer, wirf es mitten in den Kreiswind.

Einmal nahm ein junger, kühner Bursche, da ihm der Gottseibeiuns in der Gestalt einer mächtigen Windhose das Dach seiner Scheune abgerissen hatte, ein glänzendes, geweihtes Messer und warf es mit voller Kraft mitten in den Sturm. Und sogleich erschien demüthig gebückt der höllische Geist und fragte nach seinem Befehl.

— »Gleich bessre wieder aus die Scheune!« rief wuthentbrannt der junge Bauer: »fülle die Kartoffelgrube bis an den Rand mit purem Golde, bring mir nach Haus ein Fäßchen Branntwein und frischen Speck, drei große Schwarten.«

— »Ganz wie du willst soll es geschehen; nur zieh mir das Messer heraus, denn es schmerzt mich abscheulich.«

»Nein!« rief der Bursche: »erst thu' was ich geheißen.«

Der Teufel that wie ihm befohlen; doch bald als jener junge Bursche an einer Krankheit auf den Tod lag, da sahen all die andern Bauern, die bei ihm in der Hütte waren, den Teufel stehn zu seinen Haupten und auf die arme Seele lauern.

Alle betrauerten ihn aufrichtig und der alte Gevatter sagte leise:

— »Wenn er, anstatt Goldes zu begehren, lieber mit einem silbernen Rockknopfe auf den Teufel geschossen hätte, so würde er lange und ehrlich gelebt und seine Seligkeit behalten haben.«

6.

Hans.

I.

»Willst du meine Pfeife haben, auf deren Ton sich alle Füße wider Willen zum Tanze erheben und alle Leichen in neu belebter Gestalt aus dem Grabe erstehen, so eile schnell ins Gehölz.«

»Im finstern Gehölz suche die Weide auf, die grüne Weide, die niemals das Krähen des Hahnes und das Gemurmel der Quelle gehört. Denn beim Krähen des Hahnes entfliehen alle Geister und Gespenster; und wenn die Weide schon das Gemurmel der Quelle vernommen, so hebt sie nicht mehr die unlustigen Füße zum Geistertanz.»

»Und willst du, daß dich jedes Mädchen liebe, so fange eine Fledermaus, bedecke sie mit einem Topf von Thon und um Mitternacht lege sie in einen Ameisenhaufen: die Mitternacht darauf nimm das Gerippe fort und du findest eine Heugabel und eine Harke darin. Die schöne Maid zieh mit der Harke an dich heran und sie wird deine Geliebte: willst du einen Burschen zum Freund haben, so zieh ihn mit der Harke an. Und ist dir dann der Dirne Liebe lästig, so stoß sie mit der Gabel ab, und gleich wirst du ihr unausstehlich sein. Wenn sich ein Bursche dir aufdringen will und du ihn deiner Freundschaft nicht für würdig schätzest, so stoß ihn mit der Gabel ab, und sicher kehrt er nie zu dir zurück.«

»So kannst du durch die Pfeife dich mit Lustigkeit und mit Vergangenheit umringen; durch das Gerippe einer Fledermaus, umgiebst du dich mit Freundschaft und mit Liebe.«

»Willst du dann noch die dunkle Zukunft wissen, begehrst du noch nach Schätzen, nun so höre den letzten Rath.«

«Am St. Johannis-Abend, grad um Mitternacht, blüht das Farrnkraut auf. Doch ist's nicht leicht, die Blume zu bekommen: denn Furcht hält deines Blutes Kreislauf an, dein Herz wird eisig kalt und Eisesschauder durchrieseln dir das tiefe Mark. Unzählbar sind die Donner, welche dann die Erde erschüttern. Die Haare werden dir zu Berge steigen, und selbst der grause Wind wird sie nicht niederwehen. Doch wenn du fest bleibst, wird die hart erkämpfte Blume die ganze Zukunft dir im Spiegel zeigen und dich mit vielem Geld bereichern.«

«So wirst du also durch die Farrnkrautblüthe ein reicher Mann und aller Zukunft kundig.»

So sprach zu einem jungen Burschen im Walde eine unsichtbare Stimme. Der kühne Knecht ließ seinen Wagen stehen mit dem geduldigen Gespann von Ochsen, und süßer Hoffnung voll auf nahes Glück drängt er sich durch Gebüsch und Bäume durch, die Weide suchend zu der Wunderpfeife. Er irrte lang' umher und suchte lange, bis er endlich auf einer trockenen Wiese die grüne Weide fand. Nun hieb er einen schönen Zweig ab, zog die Rinde herunter und seine Pfeife war fertig.

Er fing an zu blasen und Freude erfüllte sein Herz. An diesem einsamen Orte war freilich Niemand; doch sprang er selbst von Lustigkeit ergriffen auf der Wiese umher, bis die Dämmerung herabsank. Schon hatte er die Wirkung der Pfeife empfunden, doch befiel ihn ein kalter Schauer, da er bedachte, daß ihr Ton selbst die Geister der Verstorbenen erwecken könne. Angstschweiß trat auf seine Stirne; schnell versteckt er nun die Pfeife und macht sich auf den Weg zu seinem Wagen.

Er kam auf einen schönen Hügel; rund umher waren alte Gräber: ein paar Wege stießen hier zusammen und ein neues Kreuz bezeichnete ein frisches Grab.

— »Ha!« sprach er zu sich selber, »das wollen wir lieber gleich versuchen; es ist noch ein gutes Stück Weg nach dem Kirchhof; will doch wenigstens Einen sehen, ob er auf den Ton der Pfeife seine Bretter heben kann.«

Und er zog sie wieder hervor und kaum fing er an zu blasen, als das Kreuz umstürzte und auf dem Kreuzwege ein alter Bettler erschien, der vor dreißig Jahren dort todtgeschlagen war.

Furchtsam wandte der junge Bursche sein Angesicht, da er das elende Gesicht des Gespenstes nicht zu ertragen vermochte. Doch wie furchtsam er auch war, immer spielte er fort; und da öffneten sich nach einander auch die übrigen Gräber und er hörte Waffengeklirre und Pferdegetrappel.

Wie er hinsieht, o Schrecken! bewaffnete Ritter zu Fuß und zu Pferde eilen durcheinander. Hatte er schon vor dem Alten Furcht gehabt, so war's nun noch ärger, da die gerüsteten Riesen vor seinen Augen umher tanzten. Er, der doch der größte im Dorfe war, reichte ihnen kaum an die Knie. Endlich hörte er auf zu pfeifen, denn vor Angst konnte er den Mund nicht mehr zu machen, und alsbald kehrte jedes Gespenst wieder in sein Grab zurück und nur noch der kalte Wind bewegte die Grashalme auf den Gräbern.

Von all' der früheren Lustigkeit und nachher von dem Schrecken ermattet, bereitete er die Harke und die Gabel aus dem Fledermausgerippe; denn ihn gelüstete nach Freundschaft und Liebe.

Lange schon hatte die schwarzäugige Nachbarstochter, das kleine Mariechen sein Herz verwundet: aber die Dirne achtete nicht auf Hansens Liebesfeuer. Vergeblich sang er Tag und Nacht:

»Mein Mariechen hat
Aeuglein wie zwei Blitze,
Mündlein frisch wie Sahne,
Hallari juchhe!«

Mariechen lachte über Hans und seine Gesänge.

Sie spreitete grade ihren Flachs im Garten, als Hans heran kam und mit der Harke seiner Fledermaus sie an sich zog. Gleich blickte die Dirne ihn freundlicher an und voll Freude küßte Hans seine Harke. Er war gewiß, daß sie ihn lieb gewonnen: es fehlte ihm nun nur noch ein Freund, und da ihm der junge Ziemba sehr gefallen, so wurde er bald mit ihm vertraut. Mariechen kannte ihn auch recht gut; und wenn sie beide zusammen zu ihr kamen, so grüßte sie immer mit freundlichem Lächeln. Schon dachte Hans an seine Hochzeit und setzte sich sinnend neben einen Heuschober, als er auf der anderen Seite Geräusch vernahm. Voll Neugier hört er hin — und was hört er? daß Ziemba und sein Mariechen von ihrer Verlobung sprechen. Ganz ärgerlich zerbrach er die Harke, und wollte nichts mehr von Freundschaft und von Liebe wissen.

— »Wozu nützt mir die Pfeife und die Harke?« rief er weinend aus: »jene hat mich ermüdet, denn ich mußte wider Willen tanzen und dann hat sie mir die schrecklichste Furcht eingejagt; und mit der Harke hab' ich Mariechen umsonst herangezogen, denn Alles ist zum Teufel gegangen. Es wird besser sein, nach Geld zu gehen und dann zu wissen, was noch aus mir werden wird.«

Nicht lange darauf war der St. Johannis-Abend. Hans schlief die ganze Nacht nicht in der Hütte und seine Mutter war schon außer sich vor Angst. Ein furchtbarer Sturm zerbrach den nahen Wald, Blitz auf Blitz schlug in die Häuser und in die Scheuern. Es war nicht mehr weit von Mittag, als Hans zitternd und von Schweiß triefend nach Hause zurückkehrte: er sah bleich und stier. Seine Mutter setzte ihm sorgsam eine große Schüssel mit Klößen und Speck vor, aber Hans wollte nicht essen. Die Mutter betete und ihr Sohn seufzte; manchmal nur kam ein Lächeln auf seinen Mund, denn er klimperte mit dem Gold in der Tasche.

II.

Auf Mariechens Hochzeit war er der erste Brautführer; die Spielleute beschenkte er mit vielem Gelde und sein Anzug war von allen der schönste. Nun hatte er immer den Vorrang im Kruge; er traktirte das ganze Dorf und alle Sonn- und Feiertage zahlte er den Spielleuten wie ein vornehmer Herr. Manchmal blies er auch selbst auf seiner Zauberpfeife und Alles was da lebte, tanzte fröhlich vom Abend bis zum Morgen.

Aber unserem Hans war das nicht genug. Er wollte noch seine Zukunft wissen, zog also die Farrnkrautblüthe hervor und sagte:

»Nenne! sprich! du Blümchen mein,
Was wird aus deinem Hans wohl sein?«

Und eine unterirdische Stimme antwortete: »Du wirst hängen und deine Füße wird der Wind von einer Seite auf die andere treiben.«

— »Pfui zum Teufel!« rief Hans zornig aus: »wofür sollt' ich wol hängen?« Dann fing er an zu lachen, aber er konnte doch nicht einschlafen, obgleich er absichtlich ein paar Gläschen über den Durst trank.

Im Grunde hatte er schon zu lange wie ein großer Herr gelebt, ehe es ihm eingefallen war, seine Zukunft zu erforschen. Seine Taschen waren leer geworden und die Farrnkrautblüthe zu finden, gelingt, wie Jeder weiß, nur ein einziges Mal. Das machte ihn denn sehr unruhig; die

Osterfeiertage kamen heran; das ganze Dorf bat unsern Hans, er möchte wieder die Spielleute kommen lassen, — aber Hans hat keinen Groschen. Tag und Nacht kann er an nichts anderes denken. Da fällt ihm ein Mal, als er sich wieder schlaflos auf seinem Lager wälzt, daß seine Blume ihm gar wol, wie das vorige Mal, einen Platz zeigen könne, an welchem Geld vergraben ist. Er sucht sie also hervor, reibt sie mit starker Hand, und siehe da! — im Garten seines Edelmanns erblickt er unter einem Apfelbaum eine große, mit Messing beschlagene Schatulle.

Wie der Wind springt er vom Lager auf, läuft in den Garten und fängt an zu graben. Schon lag der schwere Kasten oben auf der Erde, schon wollt' er ihn über den Zaun werfen, als der Edelmann erwachte, im Garten Diebe hörte, hinaus lief und den Räuber fest hielt. Doch dieser nach dem schönen Gold begierig, nimmt seine Schaufel und schlägt damit den Edelmann so hart, daß dieser tödtlich getroffen zu Boden sinkt.

Auf all den Lärm kommen Leute herbei, fangen den Mörder und bringen ihn zum Richter.

Ein halbes Jahr darauf hing der arme Hans auf dem Marktplatz des nahen Städtchens. Das war der Lohn für seine Habsucht und für die große Lust, die Zukunft kennen zu lernen.

Heftig wehte der Wind. Wohl waren es nicht mehr die Töne der Zauberpfeife, die jetzt die kalten und starren Füße des Hans zum lustigen Tanze bewegten.

7.

Die Wehrwölfe.

I.

Auf einen blumigen Hügel am Ufer der Weichsel erschallte fröhliche Musik. Die muntern Bursche tanzten mit ihren begünstigten Dirnen. Nahe dabei standen Fässer mit Bier und Branntwein, denn auch die Alten wollten fröhlich sein am glücklichen Erntefest. Mitten im lautesten Jubel machte plötzlich ein furchtbarer Schrei die Musik und die freudigen Lieder verstummen. Man unterbrach den Tanz; Alles drängte sich dahin, von wo der Lärm zu kommen schien, und Alles schauderte zurück vor dem schrecklichen Anblick. Ein Wehrwolf trug in seinem Rachen die schönste Dirne des Dorfes davon. Die muthige Jugend eilte hinter ihm her und bald war das Unthier eingeholt; aber wüthend warf dieses seine Beute zu Boden, stellte sich davor und erwartete den Angriff. Erschreckt und ohne Waffen wußten sich die armen Burschen nicht zu helfen; Einige liefen nach Hause, um sich ihre Flinten zu holen, die Andern traten furchtsam ganz zurück. Als der Wehrwolf dieses sah, hob er schnell das Mädchen wieder auf und jagte so schnell wie möglich dem Walde zu.

Funfzig Jahre waren seit der Zeit verflossen, als auf demselben Hügel die lustige Dorfjugend bei ihren Spielen einen eisgrauen Alten erblickte. Man bat ihn, an der allgemeinen Fröhlichkeit Theil zu nehmen, doch setzte er sich schweigend nieder und traurig leerte er das Glas mit Branntwein, welches man ihm reichte. Einer von den Bauern, der schon beinahe eben so alt war wie jener, trat näher auf ihn zu und fing an mit ihm zu reden. Lange sah ihm der Greis fest in's Gesicht, endlich rief er mit Thränen: »Was? du bist es, lieber Stephan?«

Und sogleich erkannte der Bauer seinen älteren Bruder, der vor funfzig Jahren wunderbarer Weise verschwunden war. Erstaunt umringten die Bauern den alten Mann und nun erfuhren sie, wie ihn eine böse Hexe in einen Wehrwolf verwandelt, wie er das schöne Mädchen am Erntefeste vom Hügel geraubt, und wie das arme Kind ein Jahr darauf vor Kummer im Walde gestorben.

— »Von nun an« fuhr er fort »warf ich mich mit wüthendem Heißhunger auf alle Menschen. Wen ich erpacken konnte, den fraß ich auf, und die Blutspuren hab ich noch immer nicht verwischen können.« Hierbei zeigt er seine ganz mit Blut bespritzten Hände. »Vier Jahre schon,« so sprach er weiter, »irr' ich nun von Neuem in Menschengestalt umher: ach, ich wollte euch noch ein Mal sehen, euch und das liebe Dorf, das mich geboren. Dann — o meine lieben Freunde, flieht vor mir! — dann werd' ich wieder Wehrwolf wie zuvor!«

Kaum hatt' er das gesagt, als er plötzlich in einen Wolf verwandelt auf schnellen Beinen fortspringt, gräßlich heult und dann auf immer in dem Wald verschwindet.

II.

Eine Hexe verliebte sich ein Mal in einen jungen Burschen, doch gab sie sich vergeblich alle Mühe, seine Gegenliebe zu erwecken. Endlich schwor das böse Weib, da sie sich so viele Male verschmäht sah, die furchtbarste Rache.

Bald darauf begegnete sie dem hübschen Knechte und sagte verspottend: »Nun, warte nur! sobald du in den Wald gehst, verwandle ich dich mit dem ersten Schlage deiner Axe in einen grausamen Wehrwolf.«

Aber der leichtsinnige Bursche achtete der Drohung nur wenig, spannte seine Ochsen vor den Wagen und fuhr ins Holz. Kaum hatte er die Axt zum ersten Schlage gehoben, als sie der kraftlosen Hand entfiel. Ganz erschrocken besieht er sich und — o Wunder! — seine Hände haben sich schon in Wolfsklauen verwandelt. Besinnungslos rennt er im Walde umher, bis er an eine Quelle kam, und hier entdeckte er mit Grausen, daß er von Kopf zu Fuß ein wirklicher Wolf geworden. Noch hingen hier und da an ihm die Lappen seiner Kleider, denn nicht so schnell war jede Spur verwischt.

Er eilt zu seinen Ochsen hin; aber diese gerathen bei seinem Anblick in Furcht und fliehen davon. Noch Eins will er versuchen: — seine bekannte Stimme soll ihnen freundlich Stillstand gebieten, doch ach! statt eines menschlichen Wortes, kommt furchtbares Wolfsgeheul aus seiner Kehle. Und nun erst sah er ernstlich ein, daß jener bösen Hexe Drohungswort an ihm erfüllt sei.

Als Wolf noch war es ihm unmöglich, sich von dem lieben heimathlichen Dorfe ganz zu trennen und er blieb immer in der Gegend. Nie konnt' er sich an rohes Fleisch gewöhnen, und der Gedanke nur an Menschenfleisch erregte Grausen in ihm. Deshalb begann er die Hirten und Schnitter zu schrecken und sie von ihrer Arbeit zu verjagen; dann fraß er ihnen gierig Milch, Brot und ihre anderen Speisen auf.

Nachdem der arme Wehrwolf auf diese Weise schon viele Jahre zugebracht, empfand er eine mächtige Neigung zum Schlafen; er warf sich also auf eine Wiese und schlief ein. Wie groß war aber seine Verwunderung, als er sich beim Erwachen wieder in einem Menschen verwandelt sah.

Vor Freude außer sich vergaß er seinen Zustand, — denn nach solcher Entzauberung sind die Menschen bekanntlich ganz unbekleidet — und so schnell wie er nur konnte lief er nach seiner lieben Hütte.

Aber kein Glück ist dauerhaft, sagt das Sprüchwort;

und das erfuhr auch unser Knecht. Seine Eltern waren bereits gestorben; Kathrinchen, seine Geliebte, hatte sich einen Anderen genommen und schon vier Kinder balgten sich vor ihrer Hütte. Von seinen Freunden waren die Einen gestorben, die Anderen in fremde Länder gereist.

Der arme Bauer ertrug alle diese traurige Nachrichten mit festem Muth, wenn auch das Herz ihm dabei blutete. Im Schweiße seines Angesichts bearbeitete er sein kleines Feld, und wenn sich dann am Sonntag die Nachbaren im Kruge versammelten, so erzählte er ihnen sein Leiden und sein Unglück, das ihm die Rache der verschmähten Zauberin gebracht.

III.

Ein gewisser Landmann war sieben ganzer Jahre Wehrwolf gewesen. Als nun die von der Hexe bestimmte Zeit vorbei war, wurde er wieder in einem Menschen verwandelt. Den ganzen Tag lief er hungrig und nackt seinem Hause zu. Dort wohnte seine Frau mit seinen Kindern. Am späten Abend endlich kam er an und klopfte an die festverschlossene Thür.

— »Wer da?« so rief es aus der Hütte: und der Bauer erkannte die Stimme seiner Frau.

— »Ich bin's! dein Mann! dein lieber Mann! geschwind, mach auf!«

— »Alle guten Geister loben den Herrn! Um Gottes Willen, Mann! steht' auf!« rief das erschrockene Weib; und der Bauer sah seinen alten Knecht heraus kommen, der unter dessen seine Frau geheirathet hatte und Herr vom Hause geworden war. Der Knecht hielt eine große Mistgabel in der Hand und wollte den rechtmäßigen Besitzer damit vertreiben. Erzürnt über die Treulosigkeit seiner Frau rief nun der Bauer schmerzlich aus:

— »O, warum bin ich kein Wehrwolf mehr! Wie würd' ich gleich das böse Weib bestrafen!«

Kaum hat er so gesprochen, so wird der frevelhafte Wunsch erfüllt. Von Neuem ist er in einen Wolf verwandelt, und wüthend stürzt er sich auf seine Frau, und wirft sie mit dem Kinde um, das aus der zweiten Ehe war und an der Mutter Brust sog. Das Kindlein fraß er auf und auch die Frau zerbiß er tödtlich.

Auf der Unglücklichen Geschrei liefen bald alle Nachbaren zusammen und stürzten sich vereint auf das reißende Thier. Es vermochte nicht, sich lange zu widersetzen und als die Bauern über den davon getragenen Sieg ein Freudengeschrei erhoben, als sie beim Lichte des brennenden Kiehnholzes das Unthier näher beschauten, da erkannten sie zu ihrem Schrecken, daß anstatt eines Wolfs der Landmann getödtet da lag, der vor sieben Jahren spurlos verschwunden war, und von dem man wohl manchmal erzählte, er sei in einen Wehrwolf verwandelt. Menschliche Hülfe war nun schon zu spät und auch die Bäuerin, die Frau des Wehrwolfs, starb bald an den von ihm empfangenen Wunden.

8.

Die Grotten im schwarzen Berge.

Neben dem schwarzen Berge*) windet sich, unfern der Grotten, ein enger Steg mitten durch Unkraut und dickes Gebüsch. Wenn es zu dämmern anfängt, ist hier kein

*) Der schwarze Berg — Czarnohora — im Kolomyischen Kreise in Galizien. Anm. d. Verf.

Mensch mehr zu sehen; und wenn zufällig den Wanderer an diesem Orte die Dunkelheit überfällt, so durchrieselt kalter Schauder sein Mark und Gebein. Denn gleich nach Sonnenuntergang hört man im Innern des Berges unheimliches Brausen und Kettengeklirre; und mitten in der Nacht erblickt man beim Mondscheinlichte die Gespenster erschlagener Räuber, die hier unlängst gehaust und in den benachbarten Dörfern Tod und Schrecken verbreitet. Schweigend tritt als dann ein Zug von zwölf riesenhaften, weißen Gestalten aus dem Berge hervor. Einen offenen Sarg tragen sie auf ihren Schultern: sie steigen damit auf den Gipfel des Berges und verschwinden im Nebel. Dann beginnen auch die Schädel der Gemordeten, die zerstreut unter den Steinen umher liegen, einen fürchterlichen Todtentanz.

Lange waren diese Grotten von Räubern bewohnt, welche den einsamen Wanderer beraubten und mordeten und allnächtlich in die nahen Kirchen und Häuser gewaltsame Einbrüche wagten. Die erbeuteten Schätze vergruben sie in den Grotten und noch bis auf den heutigen Tag ruhen dort die unermeßlichsten Reichthümer. Denn selten ist die Thür zu finden, die nach den Grotten führt, obwol oftmals Gespenster in Pilgergestalt im Eingang zu demselben verschwinden.

* * *

Einmal sah ein junger Bursche, da er hinten am Felsenbruch eine Buche fällen wollte, wie durch den Wald langsamen Schrittes ein Pilger heran kam. Der Bauer versteckte sich hinter einen dicken Baum und der Pilger ging achtlos an ihm vorbei in's Innere des Berges. Leise folgte ihm der pfiffige Bursche und nun sah er, wie der Pilger bei einer kleinen Thüre stehen blieb, die noch Niemand aus dem Dorfe bemerkt hatte. Der Pilger klopfte an und sprach mit leiser Stimme: »Thürlein, thu' dich auf!« Alsogleich öffnete sich die Thür. Dann sprach er wieder: »Thürlein, thu dich zu!« und die Thüre schloß sich. Der Bursche zitterte vor Angst, doch vergaß er nicht, den neu entdeckten Eingang mit abgerissenen Zweigen zu bezeichnen.

Von nun an konnte er weder essen noch schlafen. Etwas Geheimnißvolles zog ihn immer fort, um zu erfahren was wohl in den Grotten wäre.

Am Sonnabend darauf fastete er den ganzen Tag und am Sonntag begab er sich ganz früh, ein kleines Kreuz in der Hand, nach dem bezeichneten Orte. Nun stand er an der Thüre und klapperte vor Furcht mit den Zähnen, denn immer glaubte er wieder ein Gespenst in Pilgergestalt zu erblicken: aber glücklicher Weise erschien kein Geist. Aengstlich trat er näher hinan und horchte lange; doch drinnen war Alles still. Endlich klopfte er stark an die Thür und rief, halb ohne Besinnung: »Thürlein, thu' dich auf!«

Die Thür sprang auf und er erblickte ein schmales und finsteres Gewölbe: er trat hinein und vor ihm zeigte sich ein geräumiger heller Saal. Fast willenlos sprach er nun: »Thürlein thu' dich zu!« und die Thür sprang wieder in's Schloß.

Im Saale standen ungeheure Fässer mit weißen Silberthalern und rothen Goldgulden gefüllt: dann standen auch mächtige Kisten da, mit echten Perlen und Edelsteinen; auf silbernen Tischen lagen große Haufen von goldenen Kreuzen und schönen Heiligenbildern. Der Bauer bekreuzte sich vor all diesen Herrlichkeiten, aber doch konnt' er sich nicht enthalten, etwas davon zu sich zu stecken, denn er dachte an seine Frau und an seine acht kleinen Kinderchen, die schon beinahe nackend gingen.

Er ließ also die Angst fahren, langte in ein Faß, das neben ihm stand, und nahm sich etwas von dem Silbergelde. Schnell griff er sich an seinen Kopf und war beruhigt, als dieser noch an seinem Platze stand. Nun nahm er noch eine Hand voll kleinen Silbergeldes; dann schob er sich zitternd nach der Thür. »Komm wieder!« rief eine tiefe Stimme aus dem Innern der Grotte: der Arme wurde schwindlich, Alles kreiste rund um ihn her, und kaum vermochte er noch zu sagen: »Thürlein thu' dich auf!« Sogleich öffnete sich die Thür und mit erleichtertem Herzen eilte der Bauer hinaus. Zu Hause erzählte er nichts von all den Schätzen; nur ging er in die Kirche und gab einen Theil davon, was er zu sich gesteckt, für die Armen. Am folgenden Tage ging er in die. Stadt, kaufte Lebensmittel und Kleidung für Frau und Kinder und sagte diesen, daß er unter den Wurzeln der gefällten Buche einen verrosteten Thaler und einige Gulden gefunden.

Am Sonntag darauf ging er schon mit weniger Furcht und muthigern Schrittes nach der wohlbekannten Grotte. Er that eben wie das vorige mal, nur nahm er schon etwas mehr Geld aus dem Fasse. »Komm wieder,« rief eine tiefe Stimme und er kam am folgenden Sonntag wieder und füllte nun seine Taschen bis an den Rand.

Jetzt war er schon ein reicher Bauer: aber was sollt' er wol mit all dem Gelde beginnen. Einmal gab er zwei Zehntel von seinem ganzen Vermögen für die Kirche und für die Armen, und was ihm noch übrig blieb, wollte er im Keller vergraben, um doch für eine Mißernte einen Sparpfennig zu behalten. Zuvor wünscht er jedoch sein Geld zu messen, denn zählen konnte er nicht. Er ging also zu seinem Nachbarn, einem schwerreichen Manne, um von ihm einen Scheffel zu borgen. Dieser Nachbar war ein großer Geizhals; bei all seinem Reichthum litt er Hunger, mit dem Korn trieb er abscheulichen Wucher, seine Arbeiter betrog er um ihren Tagelohn und seinen Dienstboten enthielt er ihr Geld vor. Wittwen und Waisen warteten bei ihm vergeblich auf das Ihrige, er lieh nie anders Geld als auf Pfänder und gegen hohe Zinsen, und bei alle dem hatte er weder Frau noch Kinder.

In jenem Scheffel waren große Ritzen, durch die der reiche Geizhals, wenn er den armen Tagelöhnern ihren Roggen zumaß, den größten Theil des Kornes wieder auf seinen Haufen zurück fallen ließ. In diese Ritzen nun fielen einige kleine Silberstücke, welche das Falkenauge des geizigen Nachbars bald entdeckte. Er suchte also den Burschen im Walde auf und fragte ihn, was er wohl mit dem Scheffel gemessen? — »Haselnüsse« erwiederte stotternd der Befragte. Da schüttelte der Wuchrer mit dem Kopf, zeigte ihm das Silbergeld und drohte ihm mit Richter und Henker; dann versprach er ihm Alles, wenn er ihm die Wahrheit entdeckte, und nach und nach entlockte er auf diese Weise dem eingeschüchterten Knechte das große Geheimniß von den unermeßlichen Schätzen.

Die ganze Woche sann der Geizhals darüber nach, wie er wohl den großen Schatz auf Einmal aus der Grotte bringen könnte, ohne auch die andern, die sich wohl in den Nebengrotten oder unter der Erde befinden konnten, umkommen zu lassen. Und dann überdachte er schon im Geiste wie er Tag und Nacht an seinem Schatze zählen wollte, wie er allmählig eine Koppel nach der anderen halb umsonst von seine Nachbaren kaufen, oder durch ungerechte Prozesse und falsche Eide erschleichen würde. Auf diese Weise wollt' er erst das ganze Dorf, dann einen Schlüssel, einen Pallast nach dem andern kaufen, bis er gar endlich Graf oder Fürst werden könnte.

Dem Burschen war es nicht ganz recht, daß sein neidischer Nachbar die Grotten besuchte: aber alle Bitten waren vergebens. Durch die Drohungen des Reichen ließ er sich endlich das Versprechen abdringen, noch einmal an die kleine Felsthür zu gehen; — dort sollte er die vom Wucherer gefüllten Säcke in Empfang nehmen. Ferner verabredeten sie, sich in das ganze Geld zu theilen, einen Zehnten davon der Kirche zu schenken und allen Armen im Dorfe neue Kleider kaufen.

Im Grunde des Herzens aber beschloß der Geizhals, den Bauern, wenn er ihn nicht mehr nöthig hat, in den tiefsten Abgrund hinab zu stoßen, die Kirche mit einigen Silberlingen und die Armen gar nicht zu beschenken.

Als der erwartete Sonntag gekommen war, machten

sich die Beiden am frühen Morgen auf den Weg nach den Grotten des schwarzen Berges. Der Geizhals schleppte eine Schaufel, ein mächtiges Beil und einen großen Sack der drei Scheffel enthielt, in welchem wieder an hundert kleinere Säcke steckten. Der Bauer ermahnte ihn zum letzten Male, von solcher Habgier zu lassen, — aber der Wucherer ging fluchend und zähneknirschend immer weiter vorwärts. Nun waren sie an der Thür: der Knecht nahm seinen Posten ein, doch wurde ihm schon ganz übel vor Furcht.

— »Thürlein, thu' dich auf!« rief der Geizige mit tiefer und kräftiger Stimme. Die Thüre öffnete sich: »Thürlein, thu' dich zu!« rief er wieder, und die Thür schloß sich auf seinen Befehl. Kaum war er drinnen, als er die Fässer und Kisten voll Gold und Edelsteine erblickte; in der Geschwindigkeit berechnete er die Größe der Schätze, und dann begann er mit zitternder Hand, die Säcke zu füllen.

Da kam aus dem Inneren der Höhle ein großer, schwarzer Hund mit feurigen Augen, langsamen Schrittes heran und legte sich auf die Schätze. Der erschrockene Wuchrer bekam einen heftigen Schwindel, er ließ die Säcke fallen und der Hund fletschte ihm seine Zähne entgegen und heulte gräßlich:

— »Was hat dich hergebracht, du Wuchrer?«

Von Schauder ergriffen fiel der Geizige zu Boden, und kroch auf allen Vieren nach der Thür, aber in dieser Angst vergaß er die Worte: »Thürlein, thu' dich auf!« sondern schrie immer nur: »Thürlein, thu' dich zu!« und die Thür blieb geschlossen.

Lange erwartete ihn mit klopfenden Herzen der Bauer: endlich näherte er sich der Thür. Da hörte er ein dumpfes Geschrei und Gestöhn, vermischt mit Unheil verkündendem Hundegeheul: bald darauf wars wieder ganz still. Eben fing man an zum Gottesdienst in die Kirche zu läuten: er betete also ein Vaterunser, bekreuzte sich, und klopfte leise an die Thür, indem er die bekannten Worte aussprach Die

Thür sprang auf, er trat in die Grotte und schauderte zurück vor dem gräßlichen Anblick, der hier seinen Augen sich darbot. Der blutbespritzte Leichnam des Wucherers lag auf den Säcken ausgestreckt und die Fässer und Kisten mit Gold, Silber und Edelgestein versanken langsam vor seinen Augen in die Erde.

9.

Die Pestjungfrau.

Da die böse Pest noch herrschte, standen alle Dörfer öde, alle Hähne waren heiser und kein einz'ger konnte krähen. Und die Wächter selbst, die Hunde, können nicht wie früher bellen; sie riechen nur das Gespenst und sehen es von weitem. Dann knurren sie und suchen es zu packen, und die Pestjungfrau neckt und reizt sie mit wahrer Schadenfreude.

Ein Bursche schlief auf einen hohen Heuschober und neben ihm stand eine Leiter. Die Nacht war mondhell und still: plötzlich entsteht, wie vom Winde getragen, in der Ferne ein mächtiges Brausen, bei welchem man deutlich das wüthige Geknurr und Geheul der Hunde erkennt. Der Bursche steht auf und sieht zu seinem Schrecken, wie eine hohe weibliche Gestalt im weißen Gewande mit fliegendem Haar auf ihn zu jagt. Ein langer hoher Zaun war auf dem Wege: das hohe Weibsbild springt mit einem Satz hinüber und klettert die Leiter hinauf; und sicher, nun durch diesen Zufluchtsort, hält neckend sie den Fuß den Hunden hin, und so die wuthentbrannte Meute reizend ruft sie beständig: »Huß, huß! den Fuß! huß, huß! den Fuß!«

Der Knecht erkannte sogleich die furchtbare Jungfrau; drum nähert er sich leise der obersten Sprosse und stößt mit aller Gewalt an die Leiter. Das hohe Weibsbild fällt hinunter, die Hunde packen sie: da droht sie noch mit ihrer Rache und verschwindet. Der junge Bursche starb zwar nicht; aber sein Lebenlang hielt er den einen Fuß hin und konnte nichts anderes sagen als die Worte der Jungfrau: »Huß, huß! den Fuß! huß, huß! den Fuß!«

10.

Der Homen.

Ein Reuße, welchem Frau und Kinder an der Pest gestorben waren, floh aus der verödeten Hütte in den Wald und suchte sich dann zu retten. Den ganzen Tag irrt er umher; am Abend macht er sich aus Zweigen eine Bude, brennt vor derselben Feuer an und schläft ermüdet ein. Es war schon über Mitternacht, als ihn ein starker Lärm erweckte. Er springt auf und horcht: da schallen ihm von weitem wunderliche Lieder entgegen, begleitet von Trommel- und Pfeifenklang. Ganz verwundert horcht er immer, daß die Freude hier so laut ist, während rund herum der Tod herrscht.

Immer näher kam die Musik und der erschrockene Reuße sah nun, wie auf dem breiten Wege der Homen umherzog. Es war dies ein Zug wunderlicher Gespenster, die einen Wagen umkreisten; der Wagen war mächtig groß und schwarz und auf demselben saß die Pestjungfrau. Mit jedem

Schritte vergrößerte sich das schreckliche Gefolge, denn unterweges verwandelte sich fast Alles in Gespenster.

Das Feuer des Reußen glimmte nur noch schwach; ein Holzbrand rauchte noch ein wenig. Kaum näherte sich der Homen, so richtete sich der Feuerbrand auf, streckte zwei Arme aus und die Aeste im Holzbrand glänzten wie zwei feurige Augen. Das neu gestaltete Gespenst sprang zu den übrigen und begann, eben so wunderlich zu singen.

Der Bauer ist ganz wie verdutzt: in stummer Angst packt er sein Beil und schlägt auf das Gespenst los, das ihm am nächsten ist; aber das Beil fliegt ihm aus der Hand, verwandelt sich in ein hohes Weibsbild und singend saust sie mit dem rabenschwarzen Haar an ihm vorüber. Der Homen zog weiter fort; und der Reuße sah, wie Bäume und Sträucher, Eulen und Uhus in ungeheuere Gespenster verwandelt den Geisterzug vergrößerten, den furchtbaren Verkünder eines schrecklichen Todes. Ermattet sank der arme Reuße nieder; und als am folgenden Morgen der warme Strahl der Sonne ihn erweckte, war das Geräthe, das er aus seinem Hause mitgebracht, zerbrochen, die Kleidung war durchlöchert, Speis' und Trank verdorben. Da sah er ein, daß nur der Homen ihm so viel Schaden zugerichtet, und Gott dankend, daß er noch mit dem Leben davon gekommen, ging er weiter, sich Wohnung und Nahrung zu suchen.

Anmerkungen

zum ersten Buche.

1. Die Pest.

Die Reußen, Serbier, Polen stellen sich eben so wie die Slowaken und Litthauer die Pest auf ganz gleiche Weise unter der Gestalt einer Jungfrau vor. In Serbien und Slavonien wird diese Jungfrau Kuga genannt. Die alten Polnischen Sagen erzählen von einer Pestjungfrau, die auf zweirädrigem Wagen einher fährt. Als vor fünf Jahren die Cholera grassirte und nicht geringe Strecken Landes verödete, hörte ich von reußischen Bergbewohnern, jenseits des Pruts, daß diese Krankheit von einem Weibe in die Städte und Dörfer getragen würde.

Mag hier auch seinen Platz finden was Mickiewicz von diesem Weibe erzählt; «das gemeine Volk in Litthauen denkt sich die Pest unter der Gestalt einer Jungfrau. Ich will hier wenigstens dem Inhalte nach eine Ballade anführen, die ich früher einmal in Litthauen gehört habe. «In einem Dorfe erschien die Pestjungfrau und brachte Tod in alle Häuser, indem sie wie gewöhnlich ihre Hand zur Thür oder zum Fenster hineinsteckte und mit einem rothen Tuche wehte. Die Bewohner des Dorfes verschlossen sich in ihre Hütten; aber Hunger und andere Bedürfnisse zwangen sie bald, diese Vorsichtsmaßregeln zu unterlassen. Alle erwarteten ihren sicheren Tod. In dieser Angst beschloß ein Edelmann, der noch mit Lebensmitteln am meisten versehen war und die wunderbare Belagerung am längsten aushalten konnte, sich für das Wohl seiner Mitmenschen aufzuopfern. Er nahm deshalb seinen Säbel, auf welchem die Namen Jesus und Maria eingegraben waren und öffnete ein Fenster seines Hauses. Mit einem Hiebe schlug der Edelmann dem furchtbaren Gespenst die Hand ab und eroberte das rothe Tuch. Zwar starb er selbst mit seiner ganzen Sippschaft, doch hörte man von da an im Dorfe nie mehr von der Pestjungfrau.«

2. Der böse Blick.

Sagen vom bösen Blick kreisen sowohl in Polen als in ganz Reußen. Es giebt in den Dörfern alte Weiber, welche dadurch, daß sie Kohlen ins Wasser fallen lassen, erkennen, ob die Krankheit vom bösen Blicke herkommt und die denselben zu heilen verstehen. In der Wojewodschaft Podlachien lernte ich im Jahre 1828 einen in großem Rufe stehenden Alten kennen, welcher den bösen Blick wegzaubern und die Krankheiten, die aus demselben entstanden waren, heilen konnte.

Zuerst brummte er über dem Kranken einige unverständliche Worte, dann pustete er dreimal von unten nach oben, als wollte er die Krankheit wegblasen. Aus den fernsten Gegenden kamen die Landleute zu ihm und brachten ihm Geld und Geschenke, und der Alte wurde dadurch einer der wohlhabendsten Bauern.

Immer noch nennt das Volk finster blickende, stark convexe und eingefallene Augen, zumal wenn der übrige Theil des Gesichtes nicht angenehm ist, verderblich.

3. Das Hasenherz.

Karadzicz in seinen Serbischen Volkssagen erzählt ebenfalls von Hexen, die Einem das Herz aus der lebendigen Brust nehmen. Bei uns kenne ich außer dieser Klechde aus meiner Jugendzeit her noch die Sage, daß Hexen, um Gegenliebe zu erwecken, in Butter gebratene menschliche Herzen als Speise vorzusetzen pflegten.

Wenn eine Dirne zu der Hexe kam und klagte, daß ein Bursche sie nicht lieben wolle, schläferte die Hexe das Mädchen ein, nahm ihm das Herz heraus und ließ es dann gebraten vom Burschen essen; worauf sich dieser sogleich in die Dirne verliebte und bald nachher heirathete. Doch waren die Kinder aus dieser Ehe, und besonders die Knaben, sehr große Memmen; denn die Mutter konnte ihnen, weil sie kein Herz hatte, auch keinen Muth geben.

Eben so habe ich erzählen gehört, daß eine böse Hexe einem anderen Burschen sein Herz herausnahm und an dessen Stelle einen Hahn hinein that. Von diesen Augenblick an wollte der Bursche nicht mehr arbeiten, sondern sprang nur auf den Zäunen umher und krähte immerwährend wie ein Hahn.

4. Der Windreiter.

Die Sage vom Luftritt, in Folge bösen Zauberspruchs, ist noch bis auf den heutigen Tag in ganz Polen zu Hause. Ein neues, scharfes Messer, das in die Thürschwelle bis an das Heft hinein gesteckt wird, spielt dabei immer eine Hauptrolle.

Nach einer, in der Ukraine ganz gewöhnlichen Meinung, ist ein Wirbelwind, der übrigens in den dortigen flachen Gegenden nicht selten ist, etwas ungeheuer Böses. Man erzählt von Menschen, die auf offenem Felde von diesem Winde überfallen worden, und man weiß nicht wie, verschwunden sind. Wieder ein anderes Mal fiel ein geweihtes Messer, das Jemand mitten in den Wirbel hinein geworfen hatte, mit Blut bespritzt zu Boden.

5. Der Teufelstanz.

In dieser Erzählung füllt der Teufel eine Kartoffelgrube mit Gold aus. Noch bis auf den heutigen Tag wird häufig erzählt, daß der Teufel lebendige Seelen gekauft hat. Eine sehr bekannte Sage ist die von jenem Knechte, der in einer großen Geldverlegenheit in den Wald ging und den Teufel laut bei seinem Namen zu rufen begann.

Der Böse erschien und schloß einen Vertrag mit dem Burschen, nach welchem er demselben einen Scheffel voll Dukaten geben sollte; und wenn er ihm dann das Geld in bestimmter Zeit nicht zurück zahlte, so sollte seine Seele nach seinem Tode dem Gottseibeiuns gehören. Doch unser Knecht war auch nicht auf den Kopf gefallen; bei Zeiten grub er eine tiefe Grube, stellte darauf einen Scheffel ohne Boden und wartete damit zur bezeichneten Stunde.

Da erhob sich ein gewaltiger Sturmwind und der Teufel erschien mit einem ungeheueren Sack voll Gold. Er schüttete das Gold in jenen Scheffel, und war ganz außer sich vor Erstaunen, als es spurlos in der Grube verschwand. Einen Sack nach dem andern brachte keuchend der Teufel heran und bei dem neunten erst war der Scheffel gefüllt. Der Bauer nahm das Geld und zur bestimmten Zeit gab er dem Teufel das gefüllte Scheffelmaaß zurück, ohne daß dieser die ganze List gemerkt. Auf solche Weise ward er reich und behielt seine Seele für den Himmel.

Wieder eine andere Sage erzählt, der Bauer habe statt des Scheffels einen durchlöcherten Topf gehabt und dann sei als Termin der Rückbezahlung die Zeit bestimmt gewesen, da alle Blätter von den Bäumen fielen. Der Winter kam heran; — der Teufel will sein Geld, allein der Bauer weist ihm die Tannen- und die Fichten-Wälder. Wuthschnaubend läuft der Teufel fort und will mit Händen und mit Zähnen die Nadeln von den Bäumen reißen. Doch bald ermüdet seine Kraft; — er flieht beschämt, daß ihn des Knechtes List besiegt.

6. Hans.

Diese ganze Klechde ist treu nach polnischen und reußischen Sagen nieder geschrieben. Noch heut zu Tage nimmt sich das Volk am Prut und am Dniester am liebsten die Bäume zu Pfeifen und zu Geigen, die noch niemals das Krähen des Hahnes und das Gemurmel der Quelle gehört.

7. Die Wehrwölfe.

Wehrwolf*) bedeutet bei uns und bei den Reußen einen Menschen, der durch Hexereien in einen Wolf verwandelt ist. Bei den Serbiern und Morlachen jedoch, eben so wie bei den Böhmen, bedeutet dies Wort so viel wie Gespenst: auch hört man bei diesen slavischen Völkern keine

*) Wehrwolf (vielleicht besser Werwolf, von Wer, ein Mann) heißt auf polnisch wilkolak, von wilk, Wolf und lykac, schlucken, schlingen. Das serbische Wort dafür ist wakodlak.

den unsrigen hierin ähnliche Sagen. Dem äußeren nach sollen sich diese Unthiere nur durch ihre ungeheure Größe von den gewöhnlichen Wölfen unterscheiden. Sie zeichnen sich durch eine besondere Kühnheit aus, werfen sich blindlings auf alle Menschen, verwunden und tödten dieselben und sind vorzüglich nach jungem Blute begierig, weshalb sie auch am meisten Kinder anzufallen pflegen.

In wie weit ich diesen Gegenstand mit aller Aufmerksamkeit habe untersuchen können, sind die Erzählungen von Wehrwölfen jetzt noch größtentheils längs dem Bug in den reußischen Colonien der Wojewodschaft Podlachien bekannt. Am Dniester habe ich fast nichts davon gehört, obwohl Adam Naruszewicz dort noch die Spuren der Herodotischen Neuren zu finden meint, die sich zu gewissen Jahreszeiten selber in Wölfe und dann wieder in Menschen verwandeln konnten.

Die Zauberer und Hexen haben, der Sage zufolge, die Gewalt, jeden Menschen in einen Wolf zu verwandeln. In der Wojewodschaft Podlachien, im Dorfe Chlopkow, unweit des Städtchens Losice, kam eine böse Hexe auf eine Hochzeit, um aus Rache für irgend eine Beleidigung die Neuvermählten in Wehrwölfe zu verwandeln. Sie drehte deshalb ihren Gürtel zusammen, legte ihn auf die Schwelle und dann braute sie einen Trank aus Lindenholz und goß diesen gekocht den Leuten unter die Füße. So erzählte mir eine Bäuerin, welche diese Hexe persönlich gekannt hat, — und das soll im Jahre 1821 oder 22 geschehen sein. Als die Neuvermählten mit den Hochzeitsgästen über die Schwelle des Hauses traten, wurde der Bräutigam mit der Braut und sechs Brautführern in Wehrwölfe verwandelt. Sie flohen aus der Hütte und liefen drei ganzer Jahre in Wolfsgestalt um das Haus der Hexe mit furchtbarem Geheul herum. Als nun der Tag heran kam, an dem sie wieder entzaubert werden sollten, heulten sie kläglich an der Thür des bösen Weibes. Die Hexe trat mit einem Pelz heraus, bei dem das Haar nach außen gewendet war. Damit bedeckte sie einem Wehrwolf nach dem anderen und gab ihm dadurch wieder die menschliche Gestalt zurück. Dem Bräutigam jedoch, dem sie den ganzen Körper, und nur den Wolfsschwanz nicht bedeckt, bleibt dieser schon auf immer, und wenn er dann in seiner Jacke auf die Arbeit ging, bemerkte man durch die leinenen Beinkleider gar leicht die unbequeme Zierde.

«Obgleich die Hexenmeister» — so sagt Stanislaw Dunczewski, der bekannte Herausgeber polnischer Kalender in der Mitte des vorigen Jahrhunderts — »obgleich die Hexenmeister nicht das Wesen eines Menschen in Ochsen, Pferde oder andere Thiere zu verwandeln im Stande sind, so können sie ihn doch äußerlich in jede beliebige Bestie verwandeln und ihn auch allen Instinkt derselben annehmen lassen.»

Die folgende Erzählung giebt noch andere Arten an, auf welche die Wehrwölfe wieder in Menschen verwandelt werden können. Ein Soldat ging durch ein Dorf, in welchem grade Hochzeit war. Der Bräutigam, von starkem Trunke glühend, hetzte die Hunde auf ihn los: dafür verwünschte ihn der Krieger und rief im Zorn: »Warte nur! du wirst sehen, wie bald dieselben Hunde dich anbellen werden.« Sogleich war auch das Brautpaar nebst den Hochzeitsgästen in Wehrwölfe verwandelt, die unter Menschen und Vieh großen Schaden anrichteten. Dies geschah im Jahre 1820: ein paar Jahre später hörte ich von Jägern aus der Umgegend, daß man kürzlich auf der großen Wolfsjagd drei Wehrwölfe getödtet, die während jener Hochzeit durch des Soldaten Fluch verwandelt worden waren. Die Beweise dafür waren unleugbar: denn unter dem Fell des einen Wolfes fand man eine Geige und anderen Musikantenkram; unter dem zweiten das Hochzeitskleid des Bräutigams; unter dem dritten der Putz der jungen Braut. Noch vor der Jagd, gleich als die Geschichte bekannt geworden war, beschloß ein reußischer Bauer diese Wehrwölfe zu entzaubern. Zu diesem Zweck nahm er ein gebratenes Ferkel, ein geweihetes Brot und eine Heugabel mit sich und ging in den Wald, um einem Wehrwolf zu begegnen; was ihm jedoch nicht glückte. Wenn er einen angetroffen hätte, so würde er ihm Ferkel und Brot vorgeworfen haben: der Wehrwolf hätte sich dann, nachdem er diese aufgefressen auf ihn selber geworfen; doch würde ihn der Bauer mit der Heugabel auf den Kopf geschlagen und ihm dadurch seine ursprüngliche Gestalt zurückgegeben haben.

Das Wort Wehrwolf allein diente schon als Schreckmittel. Daher findet man bei uns auch mehrere darauf bezügliche Sprichwörter. Man sagt: »er ist gefräßig wie ein Wehrwolf;« — und zwar nicht allein von starken Essern sondern auch von muthigen Kriegern. Ferner sagt man noch: »er hat sich eingefressen wie ein Wehrwolf; — er hat sich in die Schüssel Grütze eingefressen, wie ein Wehrwolf« u. s. w.

8. 9. Die Pestjungfrau. Der Homen.

«Als die böse Pest noch herrschte standen ganze Dörfer öde, alle Hähne wurden heiser.»

Der reußische Bauer setzt immer noch, wenn er sich eine Hütte gemacht hat, einen Hahn hinein. Kräht dieser in der Nacht so ist es ein glückliches Vorzeichen; im entgegengesetzten Falle bezieht er die Hütte nicht, denn er ist dann gewiß, daß der Teufel in seine neue Wohnung geguckt und der Kräher aus Furcht sein Krähen vergessen hat.

Nach der Sage nehmen, wenn die Pest im Lande herrscht, alle Gespenster tausendfältige Gestalten an, unter denen sie den Menschen schaden können. Sie handeln bald einzeln bald massenweise. Im erstern Falle muß man sich vorzüglich vor dem Unterwehen oder dem Athmen der Gespenster hüten und deshalb nicht in der Nähe von Fenstern oder Thüren schlafen. Häufig sah man, wie auf der Straße gefundene Dinge, Reichthümer, welche, man wußte nicht wie, dort hingekommen waren, sich plötzlich in die Pest verwandelten, die schon mit ihrem Athem tödtete. Nur des Morgens früh konnte man in's Dorf gehen, denn schon um Mittag fangen die Gespenster ihre Jagden an. Dann überfiel ein solcher Schreck und solche Bangigkeit diejenigen, die aus den Wäldern kamen, um sich die Häuser zu besehen und den Ueberlebenden Hülfe zu bringen, daß sie sich so schnell, wie möglich auf die Flucht zu machen pflegten. Während der ganzen Dauer der Pest sind alle Hähne heiser, sie krähen nicht und gehen mit halb abgebissenen Schwänzen umher; die Hunde bellen nicht; nur wenn sich das Gespenst, welches ihnen sichtbar wird, dem Dorfe nahet, fangen sie an, zu knurren und benachrichtigen sie ihre Herrn von der Gefahr; auch haben die Pestgespenster eine vorzügliche Freude daran, alle Hunde zu necken.

Bauern die zur Pestzeit in den Wäldern umher irrten, haben mehr als einmal gesehen und gehört, wie bei dem Klange von Trommeln, Pfeifen, Schnarren und Gesängen der Homen von Dorf zu Dorf auf der Landstraße einherzog. Dieser Homen, ein unermeßlicher Geisterzug, umgab die Pestjungfrau, die auf einem erhabenen Wagen saß. Die Gespenster des Zuges vermehrten sich mit jedem Augenblick; alle Dinge belebten und verwandelten sich. Gingen dann die Bauern einen Augenblick von ihrer Bude fort, so fügte ihnen eine unsichtbare Hand allerlei Schaden zu. Bald war das Feuer auseinander geworfen, bald das Geschirr zerstört; dort wieder waren Speisen und Getränke verdorben, kurz es fehlte an nichts, was nur Schabernack und Bosheit genannt werden kann.

Häufig bewohnten mehrere Familien zusammen eine solche Waldhütte oder Bude, und wenn dann einer erkrankte, so ließ man ihn liegen und die ganze Gesellschaft zog weiter. Die Pest konnte nur bis zum Neujahr dauern. Am ersten Tage des neuen Jahres versammelten sich vor Sonnenaufgang alle Familien aus der Umgegend im Dorfe. Es wurde dann in der Kirche Gottesdienst gehalten und der Priester weihte jede einzelne Hütte. Waren die Eigenthümer derselben am Leben geblieben, so mußten sie durch's Fenster hinein, denn durch die Thür wäre dies gefährlich gewesen. War sie dann auch im Innern geweiht, so wurde sie wieder von Neuem bewohnbar.

Der Neujahrstag hatte überhaupt die besondere Eigenschaft, die Pest zu vernichten, was übrigens in der That von der starken Kälte herkommen mochte.

Klechden.

Zweites Buch.

1.

Bergstürzer und Eichenreißer.

Eines Jägers Frau im Walde, da sie Beeren ging zu suchen hat zwei Zwillinge geboren. Beide Kinder waren Knaben; gleich darauf verschied die Mutter.

Keine Amme säugt die beiden schon so früh verwaisten Kleinen: eine Wölfin säugt den Einen und den Andern eine Bärin. Den die Wölfin groß gesäugt hat, hieß mit Namen Bergestürzer; Eichenreißer hieß der Andre. Jener stürzt zu Boden Berge, dieser reißt die stärksten Eichen leicht wie Aehren aus der Erde.

Da sie sich von Herzen liebten gingen sie selband auf Reisen, um die weite Welt zu sehen. Führt ihr Weg durch eine Haide einen Tag und einen zweiten: stehen bleiben sie am dritten, denn ein Berg versperrt die Straße und der Berg war hoch und felsig.

— »Was wird nun mit uns geschehen?« ruft der Eichenreißer traurig.

— »Sorge nicht, geliebter Bruder; ich will diesen Berg schon stürzen, daß die Straße nicht versperrt bleibt.»

Stemmt sich unter mit den Schultern; krachend fällt sogleich der Berg um: schiebt. ihn fort noch eine Meile. Darauf gingen sie nun weiter.

Gehen weiter; eine Eiche stehet mitten auf dem Wege und versperrt die ganze Straße. Eichenreißer läuft geschwinde, packt die Eiche mit den Händen, reißt sie aus sammt ihrer Wurzel, wirft sie in das nahe Wasser.

Aber ob sie gleich so stark sind, fühlen sie doch auch Ermattung: ruhen also aus im Walde. Noch sind sie nicht eingeschlafen, sieh! da kommt ein kleines Männchen auf sie zu, doch so geschwinde, daß kein Thier und auch kein Vogel ihn vermöchte einzuholen.

Sie erheben sich verwundert, als das Männchen nun im Fluge grade vor den Brüdern Halt macht.

— »Ei, wie geht es euch, ihr Burschen?« sagt das Männchen freudig lächelnd: «seid ermüdet, wie ich sehe: wenn ihr wollt, so will ich schnell euch, eh' ein Augenblick verfließt noch, hin euch tragen wo ihr wünschet.«

Einen Teppich zeigt er ihnen: »setzt euch mit mir auf den Teppich!« Und die beiden Brüder setzten sich bequem hin nebst dem Männchen; dieses klatschte und der Teppich fuhr wie ein Adler durch die Lüfte.

— »Sicher habt ihr euch gewundert,» sagt das kleine Männchen wieder — »über meinen Lauf von vorhin: seht mal her! hier sind zwei Schuhe, die ein Zaubrer mir geschenkt hat. Mit den Schuhen kann ich laufen: jeder Schritt ist eine Meile; zweie mach' ich, wenn ich springe.«

Eichenreißer bittet dringend und sein Bruder, der Bergstürzer vereinigt seine Bitten mit ihm, daß das Männchen ihnen doch die Schuhe schenken möchte; denn ob sie gleich zwar so stark sind, werden sie doch auch bald müde. Das Männchen kann dem Bitten nicht widerstehen und schenkt ihnen die Schuhe. Vor einer großen Stadt läßt sich der

Teppich nieder. In dieser Stadt war ein ungeheurer Drache, der täglich viele Menschen fraß. Der König hatte bekannt gemacht: »demjenigen, der diesen Drachen tödtet, geb' ich eine von meinen beiden Töchtern zur Frau und nach meinem Tode soll er König werden.»

Die beiden Brüder gehen also zum König und erklären, daß sie bereit sind, den Drachen zu tödten. Und man weist sie nach der Höhle, wo das Ungeheuer hauste. Sie gehen dreist, und mitten auf dem Wege begegnen sie wieder dem kleinen Männchen.

— »Ei, wie geht es euch, ihr Burschen? weiß schon gut, wohin ihr eilet; aber höret meinen Rath noch: leget Jeder einen Schuh an, denn sobald der Drache 'raus springt, läßt er euch nicht Zeit zum Tödten.«

Sie gehorchten diesem Rathe. Eichenreißer geht vor die Höhle, eine Eiche hält er kräftig, um, sobald der Drache 'raus springt, gleich ihm nach dem Kopf zu hauen. Bergestürzer geht nach hinten, schüttelt an der Felsenhöhle, als wär' es ein Bündlein Roggen.

Aus der Höhle springt der Drache; und erschreckt denkt Eichenreißer nicht mehr an den großen Baumstamm, den er kräftig in der Hand hielt. War ein Glück, daß er den Schuh hat, denn er sprang zwei Meilen seitwärts. Da der Drache ihm nicht nach kam, wirft er sich auf Bergestürzer: dieser hebt erschreckt das Felsstück, wirft es hin mit allen Kräften; pfeifend fällt der Berg zu Boden grade auf den Schweif des Drachen. Angstvoll springt auch er nun seitwärts und erblickt da seinen Bruder. —

— »Laß uns wieder hin, mein Bruder, denn das Thier kann nicht vom Platze: Du hau' los mit deinem Eichstamm und ich stürze einen Berg drauf.«

Dreister gehen sie nun vorwärts; eine Eiche schwingt der Eine und der Andere trägt ein Felsstück. Und der Drache heulte gräßlich, da er beide Gegner schaute. Wüthend will er auf sie stürzen, doch den Schweif drückt jenes Felsstück. Eichenreißer haut nun kräftig und zerschmettert das Gehirn ihm, und sein Bruder wirft den Berg drauf und bedeckt das ganze Unthier.

Ungeduldig harrt der König: jedem giebt er eine Tochter. Bald darauf nach seinem Tode theilten beide in das Reich sich, lebten glücklich und zufrieden.

2.

Madey.

Es war einmal ein Kaufmann, der fuhr durch einen Wald; da wa es schwarz und dunkel: er irrte lang umher und da die Nacht herab kam, blieb er im Sumpfe stecken. Er wurde ganz traurig, fing an zu verzweifeln und weinte schon, als ihm plötzlich der Böse in Menschengestalt erschien.

— «Sei munter, Mensch!» sprach er zum Kaufmann; »ich will dich aus dem Sumpfe ziehen und dir den Weg nach Hause zeigen: aber unter der Bedingung, daß etwas was in deinem Hause ist und wovon du nichts weißt, mir eigen wird.»

Der Kaufmann sann ein wenig nach und war gern mit der Bedingung zufrieden, denn er wußte nicht, daß ihm seine Frau während seiner langen Reise ein hübsches Söhnchen geboren. Der Teufel zog ihn aus dem Sumpf, brachte ihn auf die rechte Straße und nachdem er ihn noch vorher genöthigt, sein Versprechen und Namensunterschrift auf ein Pergament zu setzen, verschwand er plötzlich.

Der Kaufmann freute sich sehr, als er seine liebe Frau nach so langer Abwesenheit wieder umarmte; aber er war sehr betrübt, als er das kleine Knäbchen sah, das er schon dem bösen Geiste verschrieben hatte. Der ehrliche Kaufmann weinte oft im Stillen und verbarg seine Thränen vor Weib und Kind: indessen wuchs das Kind zum Burschen heran.

Er war still, ruhig und lernbegierig: im fünften Jahre las und schrieb er schon wie sein Lehrer, und das betrübte den armen Vater noch mehr, daß er sich von einem so lieben Kinde bald trennen und es dem Teufel opfern solle.

Als das Bürschlein sieben Jahr alt geworden, bemerkte es des Vaters Kummer und Thränen, so oft dieser in sein liebliches Angesicht schaute. Er bat deshalb so sehr und drang so lange in ihn, bis ihm der Kaufmann Alles erzählte.

— »Betrübe dich nicht, mein Vater: Gott wird mir helfen, ich will in die Hölle gehen und deine Handschrift heraus holen.«

Die Mutter weinte und der Vater weinte auch, da sie den Knaben zu einer so weiten Reise ihren Segen gaben; doch packte dieser zusammen was, er nöthig hatte und schritt dann ruhig zum Hause hniaus.

Und er ging einen sehr weiten, weiten Weg, bis er in einen finstern, schrecklichen Wald kam, wo in einer verborgenen Höhle der grausame Räuber Madey wohnte.

Seinen eignen Vater hatte dieser ermordet und nur die Mutter bei sich behalten, die ihm sein Essen kochen mußte. Er schenkte Niemanden das Leben, und wer in seine Hände kam, den schlug er ohne Erbarmen todt. Seine Mutter, eine alte Frau, versteckte wol die Verirrten in der Höhle; aber Madey hatte einen so feinen Geruch, daß er gleich Menschenfleisch roch.

Hieher nun gerieth zufällig unser Bürschlein, da es sich vor einem Sturme schützen wollte. Die Alte erbarmte sich des Kleinen und versteckte ihn in einen engen Winkel der Höhle; aber kaum war Madey zurück gekommen, so roch er gleich einen frischen Menschen. Schon hatte das arme Kind seinen Kopf unter die Keule des Räubers gebückt, als dieser von ihm erfuhr, wohin eigentlich seine Reise ging und ihm unter der Bedingung das Leben schenkte, sich in der Hölle zu erkundigen, welche Qualen für ihn nach seinem Tode bereitet seien. Das Bürschlein verließ mit Tagesanbruch die Höhle, und kam bald an die Pforte der Hölle. Mit geweihtem Wasser und mit kleinen Heiligenbildern, die er darauf klebte, öffnete er leicht das Thor. Lucifer vertrat ihm den Weg und fragte barsch nach seinem Begehr.

— «Ich will die Handschrift, welche dir mein Vater auf meine Seele ausgestellt hat.»

Da der König der Hölle ihn so schnell wie möglich los zu werden wünschte, so befahl er, dem Kleinen die Handschrift heraus zu geben; aber der lahme Twardowski hielt ihn fest, denn da ihn ein Tropfen des geweihten Wassers brannte, so wollte er aus Rache die Schrift nicht fort lassen.

Lucifer rief erzürnt aus: «bringt ihn auf Madey's Bett!» aber Twardowski gab schnell, aus Furcht vor der schrecklichen Strafe, die Handschrift wieder.

Der neugierige Knabe wollte sich das Bett besehen. Es bestand aus eisernen Stangen, auf welchen scharfe Messer, Nädeln und Spitzen umhergestreut lagen: unten brannte ein beständiges Feuer und von oben tropfte glühender Schwefel herunter.

Und so verließ er die Hölle und ging einen Tag, und noch einen Tag, bis er am dritten in der Höhle ankam, wo der Räuber Madey ganz traurig seiner wartete. Er erzählte ihm also was er gesehen hatte. Der Verbrecher wurde starr vor Schrecken und beschloß, sogleich zu büßen.

Sie gingen also zusammen zur Höhle hinaus. Madey kniete im Walde nieder, steckte seine Mörderkeule in die Erde, und da er wußte, daß das kleine Bürschlein ein Priester werden wollte, so versprach er, so lange an demselben Orte zu warten, bis der Knabe Bischof würde.

Waren wol dreißig Jahr vergangen, ehe der Bursche zum Bischof gemacht wurde.

Einmal da reist er durch einen schwarzen, dunkeln Wald, den er mit den Augen gar nicht ausmessen konnte, und da spürt er einen lieblichen Aepfelgeruch. Er befiehlt also seiner Dienerschaft, hin zu gehen und die Früchte aufzusuchen;

doch kommen die Fortgeschickten bald zurück und erzählen, wie zwar in der Nähe ein schöner Apfelbaum sei, wie sich aber kein einziger Apfel pflücken lasse, und wie neben dem Baume ein eisgrauer Mann kniee.

Der Bischof geht nach dem bezeichneten Ort und erkennt zu seinem Erstaunen den Räuber Madey, im schneeweißen Haar, mit einem ungeheuren Bart, wie er noch immer auf derselben Stelle kniet, und ihn himmelhoch bittet, ihm die Beichte abzuhören und Absolution zu geben. Der Bischof gewährt ihm die Bitte und seine Diener sahen mit Staunen, daß während der Beichte ein Apfel nach dem andern, in weiße Tauben verwandelt, in die Luft flog. Nur Ein Apfel blieb noch übrig, — es war dies die Seele des ermordeten Vaters, denn Madey hatte dieses schwere Verbrechen verhehlt: doch als er zuletzt auch diese Schuld bekannte, da flog der letzte Apfel, in eine graue Taube verwandelt, den übrigen nach.

Der Bischof betete heiß für den reuigen Sünder und als er ihm den Ablaß gab, zerstob des Räubers Leib in feinen Staub.

3.

Twardowski.

Twardowski war ein guter Edelmann von Vater- und von Mutterseite. Er wollte mehr Verstand haben, als die andern ehrlichen Leute und bemühte sich, eine Arznei gegen den Tod zu finden: denn er hatte keine Lust zu sterben.

Er las einmal in einem alten Buche, wie man den Teufel 'raufbeschwören kann. Um die Mitternachtstunde verläßt er also ganz leise Krakau, wo er in der ganzen Stadt als glücklicher Dokter kurirt und begiebt sich nach Podgorze*), wo er den Teufel zu rufen beginnt. Der Beschworne erscheint und die Beiden machen, wie es damals Gebrauch war, einen Vertrag mit einander. Der Böse lehnt sich an die Felswand und schreibt sogleich auf seinen Knieen ein langes Chirograph, unter das Twardowski seinen Namen mit eignem Blute zeichnet.

In diesem Vertrage war unter vielen anderen Bedingungen auch die, daß der Teufel so lange weder an den Leib noch an die Seele des Twardowski einen Anspruch hat, bis er ihn in Rom zu fangen weiß.

Twardowski war nun durch diesen Vertrag ermächtigt, den Gottseibeiuns wie seinen Diener anzusehen. Er befahl ihm auch sogleich, alles Silber aus ganz Polen an einem Ort zusammen zu häufen und mit großen Sandschichten zuzuschütten. Der treue Knecht gehorchte und aus diesem Silber entstanden die berühmten Silbergruben von Olkusz**).

Dann hieß er ihm einen hohen Berg auf den Sandfelsen zu setzen, doch so, daß das breite Ende zu oberst und die Spitze zu unterst käme. Der gehorsame Knappe thürmte, wie ihm befohlen, den Berg hinauf, der noch bis auf den heutigen Tag steht und Falkenfels genannt wird.

So geschah Alles sogleich, was er nur wünschte. Bald ritt er auf einem gemalten Pferde, bald flog er ohne Flügel umher, bald setzte er sich rittlings auf einen Hahn und jagte durch die Luft, bald setzte er sich mit seinem Mädchen

*) Podgorze ist auf der Ebne von Krzemionek erbaut, die von einer Reihe von Kalkhügeln umgeben ist. Unter diesen zeigt das Volk einen Platz, den es Twardowskis Katheder zu nennen pflegt, wo dieser Zaubrer mit seinen Geistern Berathungen hielt.

(Grabowski, Beschr. d. Stadt Krakau.)

**) Eine früher durch den Reichthum ihrer Silbergruben berühmte, jetzt fast ganz in Ruinen verfallene Stadt in der Wojewodschaft Krakau.

in ein Boot und fuhr ohne Ruder und Seegel den Strom hinauf, bald nahm er ein Brennglas in die Hand und zündete damit hundert Meilen weit entfernte Häuser und Dörfer an*).

Einmal verliebte er sich in ein schönes Fräulein. Er wollte dasselbe heirathen, aber das Fräulein setzte eine Bedingung auf ihre Gunst. Sie hatte nämlich in einem Fläschchen ein Thier und ließ jeden ihrer Freier nach dem Namen des Thieres rathen. Twardowski verkleidete sich als Bettler und ging so zu dem schönen Fräulein. Sie zeigte ihm schon von weitem das Fläschchen und fragte sogleich:

«Wurm oder Schlange, was für ein Thier?
Wer das erräth, der vermählt sich mit mir.»

Und Twardowski erwiederte darauf: «das ist eine Biene, gnädiges Fräulein!» Und so war es auch wirklich, und am Tage darauf wurde schon die Hochzeit gefeiert.

Frau Twardowska baute sich auf dem Markte zu Krakau ein kleines Häuschen aus Lehm und verkaufte darin Schüsseln und Töpfe. Ihr Mann fuhr täglich als reicher Herr mit einem zahlreichen Hofstaat an ihrer Bude vorbei und ließ immer die Waaren seiner Frau von seinen Dienern zerbrechen. Und wenn dann das Weib in der ärgsten Wuth die ganze Welt verfluchte, dann saß er im schönen Wäglein und lachte aus vollem Herzen.

Gold hatte er wie Sand am Meere, denn der Teufel mußte ihm so viel bringen wie er nur wollte. Einmal kam er in einen dunkeln Wald. Da er so allein war, versank er gar bald in tiefes Sinnen. Plötzlich steht der Böse vor ihm

*) Die sich häufig in den Erzählungen von Twardowski wiederholenden Zauberspiegel, lassen uns glauben, er habe bei uns die Optik vervollkommt, von der auch ein anderer Pole, Witellon Thuringo (von einer thüringischen Mutter) ein jetzt sehr seltnes Buch unter dem Titel: **Opticae libri decem**, geschrieben hat.

(Thaddäus Czacki.)

und fordert ziemlich barsch (denn Twardowski hatte sein Zaubergeräthe vergessen), daß er sich unverzüglich nach Rom begeben solle. Voll Wuth zwingt der Zaubrer durch die Gewalt seines Spruches den Teufel zur Flucht, aber dieser reißt zähneknirschend eine Fichte mit der starken Wurzel aus der Erde, und schleudert den Baum mit solcher Kraft nach den Füßen des Edelmanns, daß er ihm das rechte Bein ganz zerschmetterte. Von jener Zeit an blieb Twardowski Lahm, und wurde allgemein der Hinkefuß genannt.

Endlich wurde der Teufel doch all' der Dienste überdrüssig, die er fast stündlich liefern mußte und griff deshalb zu einer List. Er nimmt die Gestalt eines Hofdieners an und bittet den Herrn Twardowski, als berühmten Arzt, seinem todtkranken Gebieter zu Hülfe zu eilen. Der Zaubrer folgt dem Boten in das nahe Dorf, in dem der Krug den Namen: «zur Stadt Rom« führt.

Kaum war er über die Schwelle des Wirthshauses getreten, so flog eine Menge von Uhus, Eulen und Raben auf's Dach, die mit ihren unheilvollen Stimmen die ganze Luft erfüllten.

Twardowski erkannte sogleich die Gefahr seiner Lage: zitternd nahm er ein kleines, neu getauftes Kind aus der Wiege, und ging mit demselben die Stube auf und ab. Da stürzt in seiner wahren Gestalt der Teufel herein.

Obgleich er hübsch gekleidet war — er hatte einen dreieckigen Hut auf, einen deutschen Frack, eine lange bis über den Bauch reichende Weste, kurze enge Hosen und Schuhe mit silbernen Schnallen und seidenen Bändern; — obgleich er also hübsch gekleidet war, erkannten ihn doch Alle: denn nnter dem Hut guckten Hörner, aus dem Schuh lange Klauen und von hinten ein zierlicher Haarzopf hervor.

Schon wollte er den gefangenen Twardowski mit sich fortreißen, als sich ein großes Hinderniß entdeckte. Dies war nämlich das kleine, unschuldige Kind, an das der Teufel kein Recht hat. Nach langem Sinnen trat er endlich auf dem Zaubrer zu und sprach:

sich nicht wagen durfte, und welches der kluge Zauberer sich schnell zum passenden Talisman auserſehen hatte.

«Du bist ein guter Edelmann, und du weißt: verbum nobile debet esse stabile»*)

Twardowski begriff recht wol, daß er sein adliches Wort nicht brechen könne; er legte also das Kind wieder in die Wiege, und fuhr sogleich mit seinem Gefährten zum Schornstein hinaus.

Die Schaar der Uhu's, Eulen und Raben erhob ein lautes Freudengekrächze. Indeß fliegen die beiden immer höher und höher, aber Twardowski verlor seine Geistesgegenwart nicht; er blickt hinunter — und vor ihm liegt die graue Erde ausgebreitet. Endlich kam er so hoch, daß ihm die Dörfer nur noch wie kleine Mücken schienen, die Städte wie Fliegen und Krakau selbst nicht größer als zwei Spinnen. **)

Tiefe Trauer ergriff sein Herz, denn dort ließ er Alles zurück was ihm lieb und theuer gewesen: und als er noch höher kam, wo weder ein Geier noch ein Adler des Karpathengebirges mit seinen Flügeln den Wind bewegt, wo kaum sein Blick noch auf die Erde hinunter reichte, da rafft er aus der matten Brust die letzte Stimme hervor und stimmt ein geistliches Lied an.

Es war dies eins von den Liedern, die er in seiner frühen Jugend, als er noch keine Zauberkünste kannte und seine Seele rein und schuldlos war, der Mutter Gottes zu Ehren gedichtet und täglich gesungen hatte.

Seine Stimme zerfließt in der Lüft, obgleich er aus vollem Herzen singt; aber die Berghirten die unter ihm auf

*) Die Anrede soll auf. lateinisch und zwar in folgenden klassischen Worten geschehen sein: „Quid cogitas, domine Twardowski? An nescis pacta nostra? Verbum nobile debet esse stabile.“ Was denkst du, Herr Twardowski? Kennst du unsern Vertrag nicht? Edelmanns Wort muß heilig sein.

**) Die Vergleichung der zahlreichen Thürme Krakau's mit Spinnenfüßen ist sprichwörtlich im Volke.

den Gebirgen ihre Heerden hüteten, blickten verwundert in die Höhe, denn sie wußten nicht, welche Wolke ihnen die Worte des frommen Liedes gesendet. Denn die Stimme des Zaubrers drang nicht nach oben, sondern lagerte sich auf die Erde um die Herzen der Menschen zu erbauen.

So sang er das Lied zu Ende: da sieht er voll Erstaunen, daß er nicht mehr in die Höhe fliegt, sondern mitten in der Luft wie festgenagelt stecken bleibt. Er schaut sich um; der Gefährte ist verschwunden. Nur eine laute Stimme hört er über sich die ihm zuruft:

«So hängst du bis zum jüngsten Tage zwischen Erde und Himmel!»

Und so hängt er auch wirklich noch bis auf den heutigen Tag; und wenn ihm auch das Wort im Munde erstorben ist, wenn auch Niemand seine Stimme mehr hört, so zeigten doch die alten Leute noch vor wenigen Jahren, wenn der Vollmond in ganzer Herrlichkeit strahlte, ein kleines Fleckchen am Himmel, das, wie sie schworen, unsres Zaubrers Körper war.

4.

Boruta.

Boruta heißt ein berüchtigter Teufel, der noch bis auf den heutigen Tag unter den Trümmern des Schlosses von Lenczyca*) hauset.

Boruta ist schon alt, denn schon seit vier Jahrhunderten ist er der Welt bekannt; doch ist er wahrscheinlich jetzt schon etwas gesetzter geworden, da man in neuester Zeit nicht viel von ihm zu hören pflegt. In früherer Zeit war

*) Lenczyca, Stadt an der Bzura in der Wojewodschaft Masovien. Das dortige, schon ganz zerfallene Schloß, ist obiger Sage halber eben so berühmt, wie in Frankreich das Schloß Lusignan wegen der von der See der Melusine.

sein Name weit und breit berühmt und mancher Masurische Edelmann führte, wenn er seinem Nachbaren nicht wohl wollte den Fluch im Munde: «Mag ihn Boruta erdrosseln, oder ihm das Genick brechen!« — Und der Geist war immer willig solche Wünsche zu erfüllen.

Nicht weit vom Schlosse zu Lenczyca wohnte ein unbekannter Edelmann, von ungeheurer Stärke. Niemand konnte sich mit ihm auf den Säbel messen, denn gleich beim ersten Zusammenstoß schlug er dem Gegner mit Einem kräftigen Hieb die Waffe aus der Hand. Hatte er einmal mit seinem Rücken an der Mauer des Hauses Posto gefaßt, so konnte die ganze Nachbarschaft nichts gegen ihn ausrichten.

Der Edelmann hatte deshalb den Namen Boruta erhalten; denn allgemein erzählte man, daß ihm der Teufel Boruta beistehen müsse, weil Niemand seiner Stärke zu widerstehen im Stande war. Zum Unterschiede von dem wirklichen Teufel jedoch, pflegte er eine graue Kappe zu tragen und wurde auch darum Grau-Boruta genannt.

Von dieser Zeit an wagte Niemand ihn zu reitzen; von Weitem ging ihm jeder aus dem Wege; sogar im Weinhaus gingen die trunkenen Edelleute, wenn sie im wilden Streit schon nach den Säbeln griffen, so bald sie Grau-Boruta's Stimme hörten, entweder in den Hausflur oder auf den Hof, und färbten dort sich ihre kahlen Köpfe blutig.

Diese Ehrfurcht oder vielmehr diese Furcht seiner Nachbaren, welche die Stärke seines nervigten Armes kannten, machte ihn stolz. Im kühnen Selbstlob drohte er häufig, dem wirklichen Boruta, so bald er ihn antrifft, den Hals um zu drehen und die Schätze zu rauben, die unter seiner Obhut sind. Dann erschallte häufig, wie man bald bemerkte, im Ofen oder hinter dem Ofen ein höhnisches Gelächter.

Grau-Boruta pflegte, wenn er trank — und er trank nicht übel, denn selbst der beste Masurische Edelmann konnte ihn nicht zu Boden trinken — den ersten Humpen auf das Wohl seines Namensvetters, des Teufels Boruta zu leeren;

und sogleich hörte man eine tiefe gedehnte Stimme ihr: «danke, Herr Bruder!» vernehmlich aussprechen.

Grau-Boruta hatte viel Geld, aber bald war Alles im wüsten Leben verpraßt. Er beschloß daher einige Säcke Gold auf unbestimmte Zeit von seinem geliebten Herrn Bruder (so nannte er den Teufel Boruta) zu borgen.

Um Mitternacht zündete der kühne Edelmann seine Laterne an und ging mit gezogenem Säbel in die tiefen Gewölbe des Schlosses. Zwei ganze Stunden irrte er in den gewundenen Gängen umher; endlich entdeckte er eine Thür, die im Hintergrunde der Mauer verborgen war. Mit einem Schlage fiel die Thür zu Boden; vor den Augen des Edelmanns erschienen die glänzenden Schätze und im Winkel, auf einem mächtigen Klumpen Goldes, saß Boruta in Gestalt einer Eule mit feurig blitzenden Augen.

Der dreiste Edelmann erblaßte und zitterte bei diesem gräulichen Anblick. Der Angstschweiß trat ihm vor die Stirn, doch faßte er sich bald und sagte leise, indem er sich demüthig verbeugte:

— «Meines geliebten Herrn Bruders ergebenster Diener!»

Die Eule nickte mit dem Kopf nnd das gab unserem Grau-Boruta wieder einigen Muth. Er verbeugte sich nochmals und begann, seine Taschen und Säcke mit Gold und Silber zu füllen. Das ward ihm denn so schwer, daß er sich kaum noch von einer Seite auf die andere wenden konnte.

Schon fing es an zu tagen und immer noch langte der Edelmann mit gierigen Händen nach dem goldenen Schatze. Endlich waren alle seine Taschen gefüllt, und er fing an sich den Mund voll zu stopfen; und da dieser eben nicht klein war, so bekam er noch ein ordentlich Theil hinein. Dann verbeugte er sich wieder vor dem Geiste und verließ das Gewölbe. Kaum war er jedoch auf der Schwelle, als sich die Thür von selbst mit Gewalt in's Schloß warf und seine rechte Ferse in zwei Stücke hackte.

Hinkend und seine Spuren mit Blut bezeichnend kam der Edelmann, mit Schätzen beladen, in seinem Hauase an

Seine ganze Kraft war verschwunden; er ließ das Gold zur Erde fallen und sank entkräftet zu Boden.

Von nun an hatte er viel Geld aber seine Gesundheit war dahin. Sein ganzes Leben war nur noch ein Siechthum, und als er im Streit um einen Gränzrain seinen Nachbar zum Zweikampf forderte, bekämpfte dieser, den Grau-Boruta früher mit seinem kleinen Finger umgeworfen, den reichen Geizhals leicht nnd schlug ihn todt.

Sein Haus blieb nun für immer unbewohnt: denn man erzählte sich, wie der Geist Boruta selber oft in der alten Weide sitze, die auf dem Hofe wuchs; dann ging er häufig auch in des erschlagenen Edelmanns Gemach und trug die hinterlassenen Schätze von Neuem in das wüste Schloß zurück.

5.

Iskrzyzki.

Nicht weit von Tarnow wohnte ein Edelmann, der einen Verwalter nöthig hatte. Kommt da ein Mal ein ganz unbekannter Mensch zu ihm, sagt er heiße Iskrzyzki und bittet man möchte ihm diesen Dienst anvertrauen. Der Herr willigt ein; man bespricht sich mit einander, wird einig und endlich kommt es zum Kontrakt. Auch dieser war schon unterschrieben, schon wollte ihn der Herr dem neuen Verwalter einhändigen, als er plötzlich bemerkte, daß Iskrzyzki keine Menschen- sondern ächte Pferdefüße habe.

Der gute Herr wurde verlegen und wußte eine Zeitlang nicht, was er thun sollte; — endlich bricht er den ganzen Vertrag ab und kündigt dem Iskrzyzki seinen Dienst. Aber da war er an den Rechten gekommen; der Verwalter schwört, daß, da er ein Mal den Kontrakt nun unterschrieben, er auch wider den Willen seines Herrn alle Pflichten erfüllen müsse. Mit dieser Versicherung ging er hinaus und verschwand.

Von dieser Zeit an erschien er nimmer wieder; aber er erwählte sich den Ofen zum Wohnplatz, und von dort aus erfüllte er auf's Eifrigste alle Dienste, die man nur wünschen konnte.

Im Anfang war die Herrschaft wol recht bange: doch nach und nach gewöhnten sie sich so an ihren unsichtbaren Diener und waren seines guten Willens so gewiß, daß sie, wenn sie ihr Haus verließen, ihm ihre kleinen Kinder anvertrauten.

Bei alle dem waren der Frau vom Hause die Klatschereien ihrer Nachbarinnen unlieb, daß sich ein Teufel bei ihr eingenistet. Sie dringt deshalb in ihren Mann, auf kurze Zeit nach einem andern Ort zu ziehen. Der Mann willfährt dem Wunsche seiner Frau und pachtet sich ein Landgut irgend wo jenseit der Weichsel. Bald ziehen sie auch wirklich aus dem Schlosse und freuen sich, daß nun dem dummen Teufel solch eine Nase gedreht ist. Schon ist die größte Strecke fast zurück gelegt, als bei dem schlechten Wetter der schlechte Knüppelweg noch schlechter wird. Die Frau des Edelmanns erschrickt, da grade das leichte Wägelchen auf eine Seite überkippen will, und schreit vor Angst laut auf. Da läßt sich — wer hat das gedacht? — von dem Verdeck des Wagens eine Stimme hören:

— «Seid nur nicht bange, gnädige Frau! Iskrzycki ist noch immer bei Euch.»

Da merkte denn die Herrschaft, daß es kein Mittel gebe, den treuen Diener sich vom Hals zu schaffen. Sie kehrten nach dem alten Haus zurück, lebten wieder wie früher in Eintracht mit ihm und trennten sich von dem Gewissenhaften erst, als der Kontrakt ganz abgelaufen war.

Anmerkungen

zum zweiten Buche.

1. Bergstürzer und Eichenreißer.

Die physische Kraft steht fast bei allen Völkern in ihren Sagen oben an. So führt auch Thiele, ein gelehrter Däne, welcher die alten Sagen und Denkmäler seines Volkes gesammelt hat und heftweise heraus giebt, einen alten dänischen Helden Namens Olgar an, welcher, da ihm einer seiner Feinde statt seiner Rechten eine eiserne Keule darhielt, dieselbe so stark faßte, daß seine fünf Finger daran abgedruckt blieben.

Unsere alten Sagen erzählen von Leuten, die wilde Elennthiere bei den Hörnern aus den Wäldern führten und große Bären mit einem Faustschlag tödteten.

Was in dieser Klechde von den wunderbaren Schuhen und dem Teppich vorkommt, das erzählt als schottländische Sage auch Walter Scott in einem seiner Romane.

2. Madey.

Unter unserem Volke findet man, außer der Erzählung vom Räuber Madey, die Erinnerung an das Höllenbett auch noch in folgendem drohenden Sprichwort aufbewahrt:

Man wirft dich in der Höll' auf Madey's Bett,
Wo lauter Messer sind und Nadelspitzen.

Immer noch kreisen unter den Landleuten zahlreiche Sagen von Räubern, aber ihre Namen sind meist verloren gegangen.

Von den Bergbewohnern in der Gegend von Krakau habe ich ein Lied von einem Räuber gehört, der eben so grausam war wie Madey:

Beim dunkelgrünen Haine
Pflügt sich ihr Feld ein Mägdlein:
Noch ist sie nicht zu Ende,
Und schon ruft ihr die Mutter:

Komm, Tochter, komm nach Hause!
Du sollst jetzt Hochzeit machen, —
Mit wem, das weiß ich noch nicht,
Mit einem Räuberhauptmann.

Das Mädchen wird also gezwungen den Räuber zu heirathen. Einmal wiegt sie ihren kleinen Sohn und singt ihm dabei den Fluch, der über seinem Haupte schwebt. Der grausame Räuber hört das Lied, kommt schnell herein und droht; — aber die Frau sang schon ein anderes Wiegenliedchen:

In Wein wollt' ich dich baden,
Und wickeln dich in Seide.

Aber der grausame Räuber hatte den Fluch recht gut gehört und verzieh ihr nicht:

Und hackt ihr Fuß und Hände ab
Und wirft sie auf den Feldweg hin.

Die alten Sagen schreiben den Räubern eine eigene Kunst zu, den Menschen einzuschläfern. Sie hauen nämlich einer Leiche die Hand ab, beschmieren sie mit Fett und zünden so viele Finger an, als in dem zu beraubenden Hause Menschen in tiefen Schlaf fallen sollen; dann hauchen sie auch noch in eben so viele Gläser und setzen dann diese umgekehrt auf die Erde.

Die Sage erzählt, daß vor gar langer Zeit die Räuber einen Edelhof plündern wollten, daß sie aber nur vier Finger anzündeten und auch vier Edelleute fest einschliefen; — der Fünfte aber, für den kein Finger gebrannt hatte, plauderte mit der Frau des Wirthes. Die Frau sah also wie die Räuber herein kamen, alle Sachen forttrugen und da sie Lärm machte, konnte sie Niemanden aufwecken. Die Räuber schlugen alle todt, beschmierten die arme Frau mit dem Blute der Gemordeten und ließen ihr das Beil zurück. So wurde die Unschuldige gefunden und mußte den Tod von Henkers Hand erleiden. In der Klechde vom Räuber Madey sehen wir, wie die Erschlagenen vom Apfelbaum in Taubengestalt auffliegen. Diese Vorstellung ist noch heut zu Tage im Polnischen und Reußischen Volke anzutreffen; selbst in den Volksliedern ist sie noch aufbewahrt.

Der Mörder der Podolerin*) trug ihren Leichnam auf den Feldweg:

Weit in dem Podolerlande
Ist ein ungepflügter Acker, —
Nur vom Spaten aufgeworfen.
Auf dem Acker sitzen Raben
Dicht daneben ist ein Grabmal,
Auf dem Grabmal eine Eiche,
Auf der Eiche eine Taube.

*) Unter diesem Namen ist in dem polnischen Volke die berühmte Roxolane bekannt, welche als Sultanin auf die Verhältnisse ihrer Zeit so mächtigen Einfluß geübt hat.

3. Twardowski.

Unter all' den berühmten Männern vergangener Jahrhunderte, giebt es keinen, von dem noch so viele Erinnerungen und so wenig Gewißheit vorhanden wäre, als von dem Leben und den Thaten Twardowskis. Sein Geschlecht, sein Vorname sogar, die Zeit in welcher er gelebt und das Jahr seines Todes sind uns fast gänzlich unbekannt.

Daß er ein Edelmann gewesen, bezeigt einigermaaßen der Name selber *) und dann die allgemeine Sage, daß der Teufel, als Twardowski bei Ablauf seiner Frist eine Ausflucht suchte, ihn mit den Worten: „verbum nobile debet esse stabile" beschämte und zu seiner Pflicht zurückzuführen wußte.

Daß er seine Jugendzeit zu Krakau zugebracht, scheint daraus hervorzuleuchten, daß er der Sage zufolge in Podgorze mit den Teufeln Zusammenkünfte hielt. Noch gegen das Ende des vorigen Jahrhunderts zeigte man in Krakau unweit des Schloßthores ein Haus, dessen gespaltne Wände und zerstümmelte Außenmauer eine Wirkung des Kampfes gewesen sein sollen, da sich Twardowski dem Bösen widersetzte.

Ferner beweist folgende Erzählung daß er unter Siegmund August gelebt haben muß. **) Sie ist einer Schrift Joachim Possels, Leibarztes des Königs Siegmund III., welche nur im Manuscript unter dem Titel: „Historia rerum polonicarum ab anno 1388 ad annum 1623" vorhanden ist, entlehnt.

*) Bekanntlich sind die polnischen Namen auf ski eigentlich nur Adjektiva des Ortes, welche die Edelleute von den ihren Familien angehörigen Gütern anzunehmen pflegten, hierin etwa entsprechend der deutschen Endung er, wie z. B. Bernauer, u. s. w.

**) Siegmund August regierte von 1548—1572.

»Siegmund August, durch den Tod seiner geliebten Gemahlin, Barbara Radziwill, auf's Tiefste betrübt, begehrte wenigstens ihren Schatten noch einmal zu sehen. Während seiner verzärtelten Jugend hatte er unzählige Male gehört, wie sich die Geister der Verstorbnen entweder freiwillig, oder durch Zauberkunst hervorgerufen, den Lebenden zu zeigen pflegen. An der Möglichkeit zweifelt er also gar nicht und vertraute dieses heiße Begehren seinen Hofleuten an, die mit einander darin wetteiferten, alle noch so leisen Wünsche ihres Herrn zu erfüllen.

»Man brachte also von allen Seiten Leute nach Hofe, die der Zauberkunst wohl kundig waren und versprach demjenigen der es vermöchte, des Königs Sehnsucht zu erfüllen, eine reiche Belohnung. Twardowski unternahm, was kein anderer gewagt hatte und versprach dem König, die Königin Barbara vor seinen Augen erscheinen zu lassen. Siegmund traut dem Versprechen und wartet mit Ungeduld der Zeit, die dazu bestimmt ist. Als sie endlich erscheint, warnt ihn der Zauberer, er möge nur ja ohne ein Wort zu reden, beim Anblick seiner verstorbenen Gemahlin sich auf seinem Platze ganz ruhig verhalten, denn sonst könne er für des Königs Leben nicht bürgen.

»August unterwirft sich einer so harten und schwierigen Bedingung, um nur das Ziel seiner Wünsche zu erringen. Das Gespenst, aus dem Reiche der Schatten hervorgerufen, erscheint. Kaum vermochte Twardowski den König auf seinem Sitze festzuhalten, so heftig riß sich dieser los und wollte den lieben Schatten umarmen: — da verschwand das Gesicht.«

Obiges kann nur im Jahre 1551 geschehen sein, da zu dieser Zeit die Königin Barbara bald nach ihrer Krönung in Krakau gestorben ist, Twardowski lebte also etwa in der Mitte des 16. Jahrhunderts.

Hier folgt eine andere Erzählung, die ebenfalls dem oben erwähnten Posselschen Manuscript entlehnt ist.

»In Bromberg wohnte ein polnischer Edelmann, der,

nachdem er sein schönes, von den Vorfahren ererbtes Vermögen verpraßt, zwecklos im Lande umher vacirte. Zu derselben Zeit kam zufällig Twardowski nach Bromberg. Der Verschwender schließt Freundschaft mit ihm, erzählt seinen hülflosen Zustand und fleht ihn an, er möge mit seiner wunderbaren Kunst ihn dem Elend entreißen. Twardowski erbarmt sich seiner und giebt ihm folgenden Rath.

»»Eile nach einem weit entlegenen Ort und suche eine leere Hütte auf. Wenn dann die Nacht beginnt, so ziehe aus der Tasche neue Geldstückchen hervor, und zähle sie ohn' Unterlaß von Eins bis Neun, und rückwärts wieder dann von Neun bis Eins, und zähle immer fort, bis es zu tagen beginnt. Nur mußt du ja im Zählen dich nicht irren, denn sonst ist Alles vorbei. Vor Geistern brauchst du dich nicht zu fürchten, denn ich gebe dir mein Wort, daß diese dir nichts Böses zufügen werden. Erfüllst du Alles treulich, was ich dir sage, so wirst du sicherlich ein reicherer Herr, als du es je gewesen.««

»Der arme Teufel gehorchte des Zaubrers Rath; er findet eine lere Hütte auf, setzt sich hinein und rechnet nnn recht angestrengt neun Groschen hin und her. Schon fing es an zu tagen, als ihm der Teufel in Twardowski's Gestalt erschien und fragte, ob er sich nicht geirrt. Der arme Edelmann verneinte es freudig. »»So rechne weiter!«« sagt der Böse drauf; »»denn der Morgen ist nicht mehr fern.«« Er sprach es und verschwand.

»Der arme Mensch will weiter rechnen, aber er weiß nicht wo er stehen geblieben war. Nun war es aus mit all dem schönen Reichthum! Verzweiflungsvoll verläßt er seine Hütte, da vertreten ihm die Teufel den Weg. Sie schlagen und zerzausen dem armen Edelmann so sehr, daß er es kaum vermochte nach der Stadt zurückzukriechen. Voll Reue über seine That geht er in's Kloster und weiht sein ganzes Leben nun der Buße. So mächtig ist die Zauberkunst!«

Der alten Sage zufolge soll die Bibliothek der Krakauer Universität ein Manuscript besessen haben, das unter dem Namen des großen Buches bekannt war, und welches für ein Werk Twardowskis galt. Die Fabel erzählte noch, es sei mit einer eisernen Kette festgeschmiedet und mit großen Gewichten belastet, damit sich Niemand unterstände, in diesem Zauberbuche zu lesen. Der würdige Bandtke erst († 1833) hat diesen Irrthum aufgedeckt und bewiesen, daß damit ein Manuscript des Paulus Pragensis gemeint sei.

Der Jesuit Felix Naramowski erzählt in seiner sarmatischen Geschichte *) folgendes merkwürdige Ereigniß, das sich mit diesem Buche zugetragen haben soll:

»An der Klaue erkennt man den Löwen, und das Leben des Menschen an seinen Werken. Welches Leben der berühmte Zauberer Twardowski geführt habe, beweist sein Zauberbuch, das nach Siegmund August's Tode, nebst vielen anderen Manuscripten, Eigenthum des Jesuiter-Collegiums zu Wilno wurde. Von diesem Manuscript schreibt der ehrwürdige Buttwill, er habe einst, von Neugier ergriffen das Buch zu lesen angefangen, als er ein furchtbares Geräusch darin gehört. Ganz deutlich war's, wie die bösen Geister alle im Buche zusammen liefen und sich zur Gegenwehr rüsteten, so daß er es mit Entsetzen von sich schleuderte und kaum noch vermochte, in das anstoßende Gemach zu fliehen. Die ganze Nacht konnte er kein Auge zuthun, und am folgenden Morgen früh berief er die Anderen und ging mit ihnen in den Büchersaal. Aber das Buch war nirgends mehr zu finden, obgleich es mit Ketten an die Mauer geschmiedet gewesen. Wahrscheinlich, fügt der fromme Schreiber hinzu, ist das Buch dorthin gekommen, wo sein Verfasser ist.«

Das einzige Denkmal welches der Volksglaube noch diesem berüchtigten Zaubrer zuschreibt, ist der metallene Spiegel, der sich noch bis auf den heutigen Tag in der

*) Facies rerum sarmaticarum, Tom. II.

Kirche zu Wengrow (Wojewodschaft Podlachien) befindet. Er ist zwei und zwanzig Zoll lang, neunzehn Zoll breit und in einem altmodischen, schwarzen Rahmen eingefaßt. Twardowski soll in diesem Spiegel allerhand böse Geister, auch die Schatten der Verstorbenen vorgezeigt haben. Noch jetzt soll derjenige, der es wagt, lange und unverwandt hineinzublicken, von furchtbaren Mißgestalten erschreckt werden, und der gute Küster hat ihn deshalb ziemlich hoch aufgehängt. Auf dem Rahmen steht folgende Inschrift:

„Luserat hoc speculo magicas Twardovius artes,
Lusus at ist Dei versus in obsequium est.“

Ueber seinen Tod ist man eben so unsicher, wie über die Zeit seines Lebens. Hier folgt noch eine Erzählung die ich unlängst im Masovischen an dem Ufer der Narew gehört.

»Twardowski entdeckte endlich nach vielen vergeblichen Mühen ein sicheres Mitte, dem Tode zu widerstehen. Einige Jahre vor seiner Entführung befahl er einem seiner Schüler, ihn in Stücke zu hauen und lehrte ihn zugleich, wie er nachher mit dem zerhackten Leichnam verfahren solle. Der Schüler posaunte allenthalben den Tod des Zaubrers aus. In der That verschwand dieser auch, — doch hackte indessen der Schüler seinen Körper und kochte verschiedene Kräuter und Salben. Die kleinen Stückchen beschmierte er dann mit den Salben, begoß sie mit den Säften der Pflanzen und setzte den Körper wie früher zusammen. Man begrub ihn nicht auf dem Kirchhof, sondern unter der Kirchhofmauer. Twardowski hatte befohlen, der Leichnam solle sieben Jahre, sieben Monate, sieben Tage und sieben Stunden unbedeckt liegen bleiben. Der treue Schüler that wie ihm befohlen und machte sich zur bestimmten Zeit daran, den Leichnam auszugraben.

»Um Mitternacht zündete er sieben Lichter, die von Leichenfett gemacht waren, auf einmal an, ging an die Arbeit, warf die Erde ab und riß den halbverfaulten Sargdeckel herunter. Welches Wunder! Twardowski's Leichnam war verschwunden. Anstatt der Holzspäne, auf denen er gelegen, blühten duftige Veilchen nnd auf dem Rasen daneben schlummerte ein allerliebstes Kind, das in dem verkleinerten Gesicht Twardowski's Züge beibehalten hatte. Der Schüler nahm das Kind, trug es nach Hause und siehe da! am andern Morgen war es schon so groß, wie ein einjähriger Bube; sieben Tage später, sprach es schon über Alles, wie der alte Twardowski, uud nach sieben Monaten war es schon zum Jüngling herangewachsen. Nun fing der Neugeborne wieder an, sich mit der schwarzen Kunst zu beschäftigen. Dann belohnte er seinen treuen Schüler reichlich; damit jedoch das Geheimniß nicht bekannt würde, verwandelte er ihn in eine Spinne, und bewahrte diese mit Sorgfallt in seinem Zimmer.

»Seit später der Teufel den Zaubrer aus dem Wirthshaus holte und er in der Luft hängen blieb, läßt sich die Spinne, die sich immer, wenn Twardowski ausging, auf seinen Rock zu spinnen pflegte, an ihrem Faden auf die Erde herunter, sieht mit an, was hier geschieht, kehrt dann zu ihrem Meister zurück, setzt sich auf sein Ohr und erzählt ihm, was sie hier gehört und gesehn. So wird der arme Zaubrer in seinem Elende noch getröstet.«

4. Boruta.

Noch folgende Geschichte ist von diesem bösen Geiste bekannt:

Ein Priester in Lenczyca war einst zu einem Edelmann zu Mittag eingeladen. Da er nun bei den Morgengebeten einsah, er würde wol später keine Zeit mehr haben, so sagte er gleich auch die Vespergebete her. Er fuhr gerade über den Damm mitten unter den Sümpfen, als er einen

Bauern antraf, der ihn mit einem rauhen: »Guten Abend, Herr Priester!« begrüßt. Der Pfarrer erwiedert ganz verwundert: »Es ist ja aber noch heller. lichter Morgen!« »Muß wol Abend sein,« sagt der Bauer höhnisch, »es ist ja doch schon Vesper vorbei!« Der erschrockene Priester erkannte nun, mit wem er sprach, und befahl seinem Kutscher, schneller zu fahren. Der Bauer aber war Niemand anders als Boruta, welcher dem lässigen Priester hatte Furcht einjagen wollen.

In der Klechde von Boruta erscheint der Teufel in Eulengestalt, ein Glaube der noch heutigen Tages unter unserem Volke nicht ganz ungewöhnlich ist. Ich ging einmal mit einem Bauern, der mir als Führer diente, durch einen langen Wald in der Wojewodschaft Podlachien. Wir verirrten uns und geriethen in's Dickicht. Es war finstere Nacht und wie mein Führer bemerken wollte, hatten wir uns weit von unserem Wege entfernt. Alles um uns her lag in tiefer Stille, nur eine Eule, deren Gekreisch dem heiseren Lachen eines Menschen ähnlich klang, unterbrach diese Ruhe. Kaum hätte der Bauer das Geschrei vernommen, als er zitternd stehen blieb, nicht wagte den folgenden Fuß vorzusetzen und sich zu mir wendend mit banger Stimme flüsterte:

— »Merkt Ihrs?«

— »Was denn?« erwiederte ich verwundert.

— »Merkt Ihrs? das ist der Böse! er lacht weil er sich freut, daß wir uns verirrt haben.«

Und darauf fing er an, Beschwörungsformeln leise vor sich hin zu murmeln, sich zu bekreuzen und nach allen vier Weltgegenden hin zu spucken. Und er ließ sich's nicht ausreden, — das mußte der leibhafte Teufel sein.

Was in dieser Klechde von der abgehauenen Ferse erzählt wird, das kommt auch in einer Geschichte vor, die einem Schlosser-Gesellen in Brusnik begegnet sein soll.

In der Umgegend dieses Ortes soll sich nämlich eine große Höhle befinden. Der Sage zufolge sind in der Grotte ungeheure Schätze vorhanden, die von bösen Geistern bewacht werden. Ein kühner Schlossergeselle merkte indessen, daß an bestimmten Tagen die Teufel ihren Posten verlassen und die Grotte dann unbewacht bleibt. Das macht er sich zu Nutze und begiebt sich an den fürchterlichen Ort. Er findet Alles wie er es erwartet, nimmt so viel Geld, wie seine Taschen fassen konnten und kehrt glücklich nach Hause zurück. Das gefiel ihm und bald verging keiner von den ihm wohlbekannten Tagen, ohne daß er der Grotte seinen Besuch gemacht hätte. Einmal jedoch blieb er länger bei seinem Raube als gewöhnlich. Die Teufel kamen darüber hinzu und der arme Schlosser hatte kaum noch so viel Zeit, vor den erzürnten Geistern zu fliehen. Doch fliehend schlägt er hinter sich mit solcher Angst die Thüre zu, daß ihm die eine Hacke abgehauen wurde und er lahm blieb bis an seinen Tod. —

In vielen polnischen und reußischen Wojewodschaften hält das Volk dafür, daß eine alte hohle Weide der Lieblingsplatz des Bösen ist. Von hier aus pflegt er gern in Uhugestalt den Menschen ihren Tod zu prophezeihen. Deswegen schlägt auch kein Bauer eine hohle Weide ab, um den darauf wohnenden Teufel nicht zu beleidigen. Auch das Sprichwort: »Er ist verliebt wie der Teufel in eine vertrocknete Weide,« hat in diesem Glauben seinen Ursprung

Einen gleichen Ruhm wie Boruta hat auch der Geist Rokita, der seit undenklichen Zeiten die Sümpfe in der Nähe von Wielun bewohnt. Doch hört man meistens nur einfache Erzählungen über ihn. Bald zieht er die Leute in den Sumpf oder verdreht ihnen den Weg; — bald blendet er sie so, daß sie vor der Thür ihrer eignen Hütte, weder diese noch überhaupt das Dorf zu sehen vermögen. Wer so von Rokita geblendet ist, der konnte wol eine ganze Woche lang um sein Haus herum gehen und nicht hereinfinden.

Ueberhaupt ist das Blenden ein gewöhnlicher Schabernack, den die bösen Geister den Menschen anthun. Dieses

Wort bedeutet immer, daß sie sich entweder unsichtbar machen, oder die Augen ihrer Umgebung nach Belieben beherrschen. Ein Taschenspieler, der in einem Dorfe die Bauern so geblendet hatte, setzte sie durch seine wunderbaren Kunststücke in Erstaunen. Da kam ein Töpfer angefahren, und weil er noch nicht geblendet war, merkte er des Fremden Betrug und rief den Anwesenden zu:

— »Seht nur besser hin! das ist ja der leibhaftige Teufel! Er macht euch ja nur was weis und hat euch geblendet.«

Der Taschenspieler wandte sich um und sah den neuen, noch nicht geblendeten Gast. Erzürnt über des Burschen Frechheit, der es gewagt hatte, ihn vor der Versammlung zu beschämen, sprach er:

— »Sieh du lieber auf deinen Wagen, deine Töpfe und dein Pferd, sonst werden sie noch von all' den Krähen zerbrochen und zerbissen.«

Der Töpfer sah sich um und erblickte in der That eine unzählbares Heer von Krähen, das sich auf seine Töpfe, Pferd und Wagen gesetzt. Er ergriff daher einen dicken Stock und wollte die dreisten Vögel fortjagen, aber der Taschenspieler nahm die Blendung von seinen Augen weg und der erstaunte Töpfer sah, daß er sein Pferd, anstatt es zu vertheidigen, getödtet und die Töpfe zerschlagen hatte.

Auch noch in andern Städten Polens, ja, in Krakau selbst sollen in unterirdischen Gängen Schätze verborgen sein.

Mitten in der Altstadt von Krakau steht ein alterthümliches Haus, das früher einem gewissen Christoff, einem Schwarzkünstler, und in den letzten Zeiten dem Starosten Kluczewski gehört hat. Unter diesem Hause sollen ungeheure Keller, die sich bis zur Marienkirche erstrecken, befindlich sein. Einmal sollte nun eine junge Köchin einen Hahn schlachten; der Hahn entfloh ihr aber und lief in den erwähnten Keller. Die Dirne, die ihn durchaus wieder haben wollte, lief immer weiter hinter ihm her und achtete nicht darauf, daß sie schon durch eine Menge finstrer Gänge geschlüpft war. Endlich, da sie ihren Hahn durchaus nicht ertappen kann, will sie wieder umkehren, — da tritt ihr aber ein magerer Deutscher in den Weg, mit Hahnenpfoten statt der Füße und einen dreieckigen Hut auf dem Kopf. Es war dies der Teufel, der sich früher in einen Hahn verwandelt hatte und nun die erschrockene Köchin zu beruhigen suchte. Dann wies er auf große mit Gold gefüllte Fässer und befahl ihr, die Schürze hinzuhalten. Die Dirne füllte sich ihre Schürze mit allerhand Kostbarkeiten, — beim Abschied aber sagte ihr der Teufel noch, sie solle sich nicht umsehen, denn sonst würde sie Alles verlieren. Aber die Köchin kann, da sie schon auf der obersten Stufe der Kellertreppe ist, vor Neugier sich nicht halten: — sie sieht sich um, die Thür fiel mit furchtbarem Gekrach in's Schloß und obgleich sie ihre Schätze zurückbehielt, verlor sie doch die linke Hacke.

Sie fand sogleich viele Bewerber, verheirathete sich und zum Andenken an diese Begebenheit soll sie neben der Kapelle die Marienkirche gegründet haben, wo man noch vor einigen Jahren ein Bild gezeigt hat, das diese Geschichte vorstellte.

Klechden.

Drittes Buch

1.

Die Kröte.

Ein reicher Fürst hatte drei Söhne, zwei waren klug der dritte dumm. Als sie groß geworden waren wünschte er ihnen Frauen zu schaffen. Er gab ihnen also Bogen und Pfeile und redete sie folgendermaßen an:

»Ihr seid nun groß und stark geworden; bald wird es Zeit, ihr guten Burschen, an schmucke Weibchen auch zu denken, die euch die düsteren Wohnpalläste durch ihren holden Reiz erheitern, damit ich noch vor meinem Tode die lieben Enkelein mag schaukeln. Hier habt ihr Jeder einen Bogen; schießt weit hinweg die schnellen Pfeile! wohin der schnelle Pfeil wird fliegen, da suchet euch die holde Gattin!«

Der Aeltste spannte seinen Bogen und zischend flog der Pfeil von dannen. Erst hinterm Walde fiel er nieder, auf dem Balcon des Marmorhauses. Da stand die goldgelockte Jungfrau, spann ihren Flachs mit weißen Händen. Die Jungfrau war des Ritters Tochter, dem viele Schlösser zugehörten. Der Ritter wählte ihn zum Eidam; voll Freude war der alte Fürst nun, daß sich sein Sohn ein Weib gewählet.

Der Jüngre spannte seinen Bogen und zischend flog der Pfeil von dannen. Erst hinterm Bache fiel er nieder, im Schatten der breitlaub'gen Linde. Dort saß die schwarzgelockte Jungfrau und sammelt Honig in die Töpfe. Die Jungfrau war des Landmanns Tochter: zwei große Güter hat der Landmann: das eine Haus von Fichtenholze, das andere von bloßen Steinen. Der Landmann wählte ihn zum Eidam; voll Freude war der alte Fürst nun, bei seines zweiten Sohnes Hochzeit

Und der Jüngste wandelt traurig sinnend mit dem schönen Bogen. Als die Reihe nun an ihn kam, schwirrend flog der Pfeil von dannen. Am andern Ufer fiel er nieder, mitten unter Schlamm und Sümpfen.

Nimmt den Kahn und rudert eilig, sucht den Pfeil und findet — neben ihm eine häßliche Kröte, die ihn mit großen Augen ansah.

Im Anfang wurde er wohl bange, doch weil sein Vater ihm's befohlen, nahm er die Kröte sich zur Gattin. Auch war's im Grunde keine Kröte sondern eine verwünschte Prinzessin. Und so brachte er sie nach seinem Hofe, setzte sie auf's Bett und befahl seinen Leuten, ihr zu huldigen. Der alte Fürst war sehr traurig, daß sein Sohn eine Kröte geheirathet.

Da kam der Namenstag der alten Fürstin Mutter heran. Die Schwiegertöchter backten eifrig ein Brot, und das Brot wurde köstlich, groß und weiß wie Milch.

Der Jüngste weinte heiße Thränen, daß seine Frau nicht auch der Mutter ein schönes Brötlein backen konnte. Die gute Kröte sah ihn weinen und sprach zu ihm mit diesen Worten:

»Sei nicht betrübt, mein liebes Männchen! auch ich versteh' ein Brot zu backen.«

Sogleich erschienen sieben Mägdlein und backten viel mehr Brot zusammen, als wie die beiden Schwiegertöchter. Voll Freude schickt durch seine Leute der junge Fürst das Brot zur Mutter, als ein Geschenk von seiner Gattin.

Und Alle waren sehr verwundert, daß dieses Brot so schön gerathen; und doch hatte keine Dame es gebacken, sondern nur eine Kröte!

Die beiden neid'schen Schwägerinnen begannen Gürtel nun zu sticken, der alten Fürstin zu Geschenken. Sie stickten sie mit Gold, mit Silber, und Alles war entzückt darüber. Der Jüngste weinte heiße Thränen, daß seine Gattin nicht der Mutter auch einen Gürtel könnte sticken. Ihn weinen sah die gute Kröte, und sprach zu ihm mit diesen Worten:

»Sei nicht betrübt, mein liebes Männchen! auch ich stick' einen schönen Gürtel; den bringst du als Geschenk der Mutter.«

Und es erschienen sieben Mägdlein und stickten einen reichen Gürtel, gewirkt mit Silber, Gold und Perlen und kostbar blitzenden Diamanten.

Voll Freude trägt der junge Fürst nun den reichen Gürtel zu der Mutter, als ein Geschenk von seiner Gattin.

Und Alle waren sehr verwundert, daß einen solchen Wundergürtel hat eine Kröte sticken können.

Da kam der Namenstag der alten Fürstin Mutter heran: die beiden Schwiegertöchter saßen schön ausgeputzt neben ihr und der junge Fürst beklagte sich traurig vor seiner Gemahlin, daß sie bei diesem Festmahl im Schlosse der Mutter nicht zugegen sein könne.

»Geh' du voran!« sagte die Kröte, »und wenn es

anfängt zu regnen, so sage, daß deine Frau beginnt, sich im Thau des Regens zu baden. Wenn es blitzt, so sage, daß deine Frau sich putzt, und wenn es donnert, daß sie schon angefahren kommt.

Voll Freude geht er nach dem Schlosse und wünscht der Mutter Glück und Segen. Schon stellt man auf die langen Tische, schon soll das Mittagsmahl beginnen, da fängt es an, ganz fein zu regnen. Der junge Fürst sah aus dem Fenster und sprach mit freudiglauter Stimme:

— »Jetzt badet sich mein liebes Weibchen!»

Und Alle sahen hin und sprachen:

— »Was spricht der Dummkopf doch für Unsinn!«

Es blitzt am Himmel; — er spricht wieder:

— »Nun zieht sich an mein liebes Weibchen!« —

Da donnert es; er ruft mit Jauchzen:

— »Nun kommt mein Weibchen angefahren!«

Voll Neugier blickt man nach der Thüre, ob auch die Kröte bald erscheine. Statt ihrer kommt in goldenen Stoffen, von überird'scher Schönheit strahlend, ein holdes Frauensbild in's Zimmer und wirft der alten Fürstin Mutter mit holder Demuth sich zu Füßen. Vor Freude sind die beiden Eltern, entzückt ist auch der junge Fürst nun: doch eifrig läuft er schnell nach Hause und Niemand weiß den Grund zu sagen.

Und lustig geht man an die Tafel; die beiden neid'schen Schwägerinnen sehn wüthend auf die schönre Schwester und alle Gäste blicken staunend auf ihrer jungen Fürstin Anmuth.

Urplötzlich sprang sie auf vom Stuhle, eilt fort mit Zeichen der Verzweiflung; da stürzt der junge Fürst in's Zimmer; voll Freude ruft er ihr entgegen:

— »Verbrannt ist schon die ekle Schaale der bösen Kröte, die den Liebreiz der holden Fürstin mir verborgen.«

— »Leb wohl!« so rief sie, ganz in Flammen, — »o, nimmer siehst du mich nun wieder! Bald sollt' ich schon, erlöst für immer, als Mensch auch unter Menschen leben, und jetzt hat mich der böse Zauber für lange Zeit aufs Neu' verwünschte.«

Kaum hatte sie das Wort gesprochen, so schwand sie schon dahin im Nebel. Vergebens sucht der junge Fürst nun nach seinem schöngelockten Weibchen; vergebens weint er, immer trauernd, — er sah die Fürstin niemals wieder.

2.

2. Die Pfeife.

Es waren einmal drei Schwestern; alle waren sie hübsch und groß, aber die Jüngste war bei weitem hübscher als die anderen. Da kam ein junger Herr aus der fernen Ukraine, der traf die Schwestern auf der Wiese als sie Blumen und Kräuter zum Kranze pflückten. Die Aelteste war freilich hüsch, aber ihm gefiel die Jüngste am besten und er wählte sie zur Frau.

Einige Tage darauf gingen die Schwestern in den Wald, um Erdbeeren pflücken. Die Aelteste schlug aus Eifersucht die Jüngste todt, und vergebens suchte die Zweite sie zu vertheidigen. Dann nahm sie eine Schaufel und grub ein großes Grab und log ihren Eltern vor, die junge Schwester sei von den Wölfen zerrissen. Da kam der junge Herr und fragte nach seiner Braut; aber mit Thränen in den Augen erzählten ihm Alle ihren schrecklichen Tod. Er weinte bitterlich, aber endlich linderte die Zeit seinen Schmerz. Die Mörderin aber tröstete ihn immerfort, und erwarb sich dadurch so viele Liebe bei ihm, daß er um ihre Hand bat und der Trauungstag festgestzt wurde.

Aus dem Grabe der getödteten Schwester aber wuchs eine Weide hervor. Ein Hirte kam und machte aus einem Zweig dieser Weide eine liebliche Pfeife und fing an, darauf zu blasen. Doch wie erstaunte er, als er nicht den gewöhnlichen Ton herausbekommen konnte, sondern die Pfeife immer nur mit trauriger Stimme folgendes Liedlein pfiff:

»Blase nur, du Hirt!
Gott dir helfen wird!
Die Aeltste hat mich todt geschlagen,
Die Jüngste that viel dagegen sagen.
Blase nur, du Hirt!
Gott dir helfen wird!«

Er ging zu den Eltern der Getödteten und die Pfeife pfiff immer dieselben Worte. Als die Mutter anfing zu blasen, hörte sie das Liedlein:

»Blas' nur, du Mütterlein!
Gott wird dir hülfreich sein!
Die Aeltste hat mich todt geschlagen,
Die Jüngste that viel dagegen sagen.
Blas' nur, du Mütterlein!
Gott wird dir hülfreich sein!«

Der Vater nimmt sie in die Hand und hört wieder dasselbe:

»Blas' nur, du Väterlein!
Gott wird dir hülfreich sein!«

Weinend nimmt die mittlere Schwester die Pfeife an den Mund. Immer dasselbe Liedchen:

»Blas' nur, du Schwesterlein;
Gott wird dir hülfreich sein!«
Die Aelt'ste hat mich todt geschlagen,
Du, Schwester, thatst viel dagegen sagen.

Blas' nur, du Schwersterlein!
Gott wird dir hülfreich sein!«

Als die Mörderin diese Lieder hörte, erblaßte sie vor Schrecken. Da gab ihr der Vater auch die Pfeife in die Hand; doch kaum hatte sie dieselbe mit dem Munde berührt, als das Blut der getödteten Schwester ihre Wangen bespritzte und die Pfeife zum letzten Male das Liedlein pfiff:

»Blas' nur, du Schwesterlein!
Gott wird mein Rächer sein!

Du, Schwester, hast mich todt geschlagen
Die Jüngre that viel dagegen sagen.
Du, Schwester, schlugst mich todt voll Tück',
Denn du beneidetest mein Glück.
Und in die Grube warfst du mich,
Und schwarze Erde über mich,
Da wuchsen denn die Weiden heraus,
Die singen dir immer das Liedlein aus:

Blas' nur, du Schwesterlein!
Gott wird mein Rächer sein!«

Da erkannte man das Verbrechen, band die böse Dirne mit Händen und Füßen an wilde Pferde, die sie bei lebendigem Leibe zerrissen. Der junge Herr aber trauerte nicht um die Mörderin, sondern heirathete die übrig gebliebene Schwester.

3.

Knüppel 'raus!

Ein armer Knecht hackt Holz im Walde. Da hört er wen nach Rettung schreien. Er läuft hinzu und sieht, daß ein Mensch mit Wagen und Pferden im Sumpfe stecken geblieben. Er half ihm gerne aus dem Schlamme und jener Mensch sagt zu dem Burschen:

— »Was du nur willst, ich geb' dir Alles!« — Er war ein großer Hexenmeister.

Der Bursche kratzt sich hintern Ohren; er weiß nicht was er wünschen sollte. Der Zaubrer gab ihm einen Widder und sprach:

— »So oft du nur sein Vließ wirst schütteln, fallen lauter unbeschnittene Ducaten herab.«

Der Bursche dankte höflich, nahm den Widder mit sich und trug ihn nach seiner elenden Hütte. Da fing er an, ihn stark zu schütteln, und sieh! ein großer Haufen Goldes fiel aus des Widders Fell herunter.

Im selben Dorfe wohnte eine Hexe, die hörte von des Burschen Widder, gab ihm viel süßen Meth zu trinken und schob ein anderes Lamm ihm unter.

Als nun der Bursche wieder Gold gebrauchte, schüttelte er vergebens sein armes Thier: es blökte nur, aber kein Pfennig kam heraus.

Da ging er traurig an den Sumpf und traf den alten Zaubrer wieder. Der wußte schon von der ganzen Geschichte und gab ihm ein Huhn, zu dem er nur nöthig hatte zu sagen: »Du Hühnchen, Hühnchen mein! leg mir ein goldenes Ei!« — So legt es auch in der That ein Ei von purem Golde. Als aber der dumme Bursche nach Hause kehrte, gab ihm die Hexe wieder süßen Meth und schob ihm ein anderes Huhn unter. Vergebens wartete er nun auf ein goldenes Ei; es trug wohl goldene Eier, aber nicht für ihn, sondern für die Hexe.

Betrübt ging er wieder aus und kam an den Sumpf. Der gute Zaubrer war wieder da. Er gab dem Burschen ein Tischtuch; wenn man zu dem sagte: »Tischtuch deck' dich auf!« so schlug es sich gleich auseinander und was man sich nur zu essen und zu trinken wünschte, das stand schon darauf.

Der neugierige Bursche befahl dem Tischtuch sogleich im Walde, sich aufzudecken; da aß und trank er sich denn tüchtig satt. Die Hexe lauerte schon auf ihn und vertauschte das wunderbare Tischtuch mit einem gewöhnlichen.

Da erkannte der Knecht des Weibes Betrug, ging zu dem Zaubrer und bat ihn um etwas, womit er das Weib tüchtig durchprügeln könnte; dann würde er auch wohl die gestohlenen Sachen wieder bekommen.

Der Hexenmeister gab ihm also einen Korb; — wenn man zu dem rief:

»Knüppel 'raus!
Aus eurem Haus!« —

so flogen zwei mächtige Knüppel hervor, und schlugen die bezeichnete Person mit der größten Wuth. Der erfreute Bursche nahm also den Korb auf die Schultern, dankte dem Zaubrer und sagte ihm, er würde ihm nun nicht mehr länger zur Last fallen. Dann ging er gradeweges zu der Hexe. Als die wieder anfing, ihn zu traktiren, rief er voll Zorn:

»Knüppel 'raus!
Aus eurem Haus!« —

In demselben Augenblick zeigte er mit den Fingern auf das alte Weib und die Knüppel fingen an, unbarmherzig auf die Hexe loszuschlagen. Vergebens bat sie um Verzeihung und versprach, Alles wieder zu geben. Sie gab auch wirklich zuerst den Widder, dann das Huhn und zuletzt das Tischtuch heraus; aber der Bursche befahl den Knüppeln, sie sollten das böse Weib nur todt schlagen, denn sie that den Menschen vielen Schaden. Als nun die Hexe ihr Leben ausgehaucht hatte, rief er:

»Knüppel herein!
In das Körbelein!«

Sogleich kehrten auch die Knüppel wieder in ihren Versteck zurück. Der Bursche hatte nun seinen Widder, aus dem das Gold herausfiel, wenn man ihn schüttelte; das Huhn, das goldene Eier legte und das Tischtuch, das allerhand Speisen und Getränke trug. Er ging also in die weite Welt, an den Hof eines großen Königs, und als dieser mit seinen Feinden Krieg führte, schlug er das feindliche Heer, heirathete die Prinzessin und wurde selbst nach seines Schwiegervaters Tode König.

4.

Der Hexenmeister und sein Lehrling.

Ein armes Weib ging einst durch einen dunklen Wald und führte an der Hand ihr kleines Söhnlein. Doch weinte sie indem sie ging, denn sie hatte viele Kinder und es fehlte ihr an Mitteln, sie ordentlich zu nähren und zu erziehen. Da erhebt sich plötzlich ein Mann, der unter einer Eiche gesessen, und als er die heißen Thränen des armen Weibes sah, befragt er sie um die Ursach derselben. Sie erzählte ihm nun den Grund ihrer Kummers; doch tröstete sie der

Unbekannte und sagte, er sei ein Schneider. Das war aber eine Lüge, denn er war ein großer Hexenmeister.

Er nahm also den jungen Burschen bei der Hand und führte ihn in eine Höhle, indem er der Mutter versprach, ihn schon nach drei Jahren loszusprechen. Erfreut ging nun das Weib nach Hause und der kleine Hans fing an die schwarze Kunst zu lernen, und bald übertraf der Bube seinen Lehrmeister. Als nun der Schluß des dritten Jahres heran kam, entwich er aus der Höhle des Zaubrers und begegnete seiner Mutter auf der grünen Wiese.

Die gute Mutter weinte Freudenthränen, als sie sah, wie ihr Sohn so groß und stark geworden war. Der Bursche aber sprach so zu ihr:

— »In einer Woche, liebes Mütterchen, sind's nun drei Jahre her, daß ich bei meinem Meister in der Lehre bin. Dann müßt Ihr also auch zum Hexenmeister kommen und fordern, daß er mich losspricht. Er wird Euch eine ganze Menge Tauben zeigen und haben wollen, daß Ihr unter ihnen den Sohn heraus erkennt. Das werden aber eigentlich keine Tauben sein, sonder lauter junge Bursche, die er in die Lehre genommen. Wenn er dann den Tauben Erbsen vorstreut, so müßt ihr nur darauf Acht geben, welche unter ihnen gar nicht fressen wird, sondern immer vor Freuden mit den Flügelchen schlägt und das wird Euer Söhnlein sein.«

Eine Woche darauf ging die Mutter zum Hexenmeister und verlangte ihren Sohn zurück. Der Alte nahm eine kupferne Trompete und blies darauf nach allen vier Weltgegenden hin. Sogleich kam von allen Seiten eine Menge Tauben herbei, der Hexenmeister streute ihnen Erbsen vor und während alle eifrig fraßen befahl er, ihr den Sohn herauszufinden. Die Frau gab auf die Eine Acht, die gar nicht fraß sondern nur immer freudig umher sprang und mit den Flügelchen schlug. Auf diese Taube wies sie mit den Fingern und der Hexenmeister gab richtig ihren Sohn heraus.

Der Vater dieses Burschen war von Handwerk ein ehrlicher Schuhflicker, der mit seiner zahlreichen Familie im größten Elend lebte. Hans, der alle Zauberkünste kannte, sprach einmal zu seinem alten Vater:

— »Ich will euch schon reich machen, aber auf Einmal geht das nicht. Ich will mich in eine Kuh verwandeln, in einen Ochsen und in ein Schaaf. Dann führt Ihr mich auf den Markt und löst ein hübsches Stück Geld für mich ein. Hütet Euch nur, mich in ein Pferd zu verwünschen, auch den Halfter, an dem Ihr mich zur Kirmeß führt mit zu verkaufen; denn dann geht der Verdienst für Euch verloren und mir geschieht ein Leid.»

Der Schuhflicker verwünschte also zuerst seinen Sohn in einen Ochsen, dann in eine Kuh, dann wieder in ein Lamm, und immer macht er einen guten Handel. Für das erlöste Geld erbaute er sich eine neue Hütte und von nun an litt er keinen Hunger mehr. Doch trieb ihn seine Habsucht, trotz des Sohnes Warnung, ihn auch in einen Gaul zu verwünschen und so führte er den armen Buben zu Markt. Dort wartete schon der Hexenmeister, kaufte das Pferd und bezahlte so viel dafür, daß ihm der böse Vater auch den Halfter ließ.

So hatte nun der Zaubrer den klugen Hans von Neuem in sein Netz gefangen. Er führte ihn in seinen Stall, band ihn an eine Kette, ließ ihn hungern und schlug ihn jämmerlich mit seiner Peitsche.

Das arme Pferdchen ächzte mit schmerzlicher Stimme, bis endlich die Dienstmagd des Hexenmeisters sich seiner erbarmt. Sie geht in den Stall und das abgemagerte Pferd weinte bitterlich und erzählte ihr seine unglückliche Geschichte.

Das rührte ihr Herz und sie machte die Kette los. Hans verwandelte sich in seine natürliche Gestalt, dankte dem Mädchen herzlich und flog aus Furcht vor seinem Meister als Sperling auf das Dach, wo er anfing vor Freude zu zwitschern.

Der Zaubrer bemerkte die Flucht und erkannte den Burschen in der Sperlingsgestalt. Er verwandelte sich also selbst in eine schwarze Krähe und verfolgte das arme Vögelchen. Der Sperling flog so schnell er konnte, aber die wüthende Krähe ließ ihm keine Ruhe. Endlich fiel er erschöpft im Königlichen Garten nieder; doch über ihm flatterte schon die wüthende Krähe mit geöffnetem Schnabel.

Da verwandelte sich Hans in einen Zaunkönig und der Hexenmeister sogleich in einen Sperling. Die Jagd aber dauerte fort mit derselben Erbitterung.

Zu derselben Zeit ging die Prinzissin im Garten spazieren, und da sie diesen Kampf bemerkte, dachte sie bei sich selber:

— »Du lieber Gott, was ist doch unter diesen kleinen Thierchen für eine Feindschaft! Alles führt doch Krieg auf der Welt!«

Da nun Hans alle seine Lebenskräfte erschöpft hatte und dem wüthenden Sperling nicht mehr entrinnen konnte, verwandelte er sich in einen schönen Ring und sprang auf den Finger der Prinzessin.

Der Sperling suchte ihn nun vergebens, bis er endlich den Streich seines Lehrlings errieth und beschloß, auf alle nur mögliche Weise ihn in seine Gewalt zu bekommen. Kaum war die Prinzessin in ihr Gemach gekommen, so erblickte sie voll Verwunderung den schönen Ring, und siehe da! in demselben Augenblick verwandelt sich dieser in den schmucken Hans. Der Bursche erzählte ihr sein Leid und warnte sie vor dem Hexenmeister, der am folgenden Tage, reich gekleidet wie ein Fürst und mit zahlreichem Gefolge an ihren Hof kommen wollte, um die Prinzessin zu bitten, ihm den Ring zu zeigen.

— »Wenn der Meister ihn in die Hand bekommt,« so fuhr er fort, »dann ist's um mich geschehen. Doch wird's am besten sein, Ihr werft den Ring, wenn Jener von seinen Bitten nicht abläßt, mit voller Gewalt an die Erde.»

Wie gesagt, so geschehn. Am folgenden Tag kam der Zaubrer, als Prinz verkleidet und mit einer zahlreichen Dienerschaft an den Hof. Er wurde in die Säle geführt, und da man ihn der Prinzessin vorstellte, bat er sie sogleich, ihm den Ring zu zeigen. Die Prinzessin aber, welche den Hans liebgewonnen, wollte dem Hexenmeister auch nicht einmal die Hand zum Küssen reichen, auf welchen sich der Ring befand. Da er aber anfing, in sie zu dringen, warf sie ihn heftig an die Erde. Nun entstand aus demselben eine große Menge Erbsen: der Zaubrer blies auf seiner kupfernen Trompete nach allen vier Weltgegenden hin und es flog eine ganzer Schwarm Tauben herbei, die jene Erbsen auffraßen; nur ein Erbsenkorn schob sich in die weiße Hand der Prinzessin. Diese warf es an die Erde und aus der Erbse fiel eine ganze Menge kleiner, schwarzer Mohnkörner.

Da blies wieder der Zaubrer auf seiner kupfernen Trompete nach allen vier Weltgegenden hin, und es kam eine große Menge Sperlinge zusammengeflogen, und damit der Mohn desto schneller aufgefressen würde, verwandelte sich der Zaubrer selbst in einen solchen Vogel.

Darauf hatte Hans nur gewartet. Sogleich machte er sich zur Krähe, biß den bösen Hexenmeister todt und seinen Körper trug er stückchenweise nach allen vier Weltgegenden hin, damit er nie wieder zusammenwüchse.

Die Prinzessin wählte sich den schmucken Burschen zum Gemahl. Man richtete ein prächtiges Hochzeitsmahl aus; dort wurde gegessen und gezecht bis in die späte Nacht. Auch ich war da und aß und trank so viel, daß mir's am Kinn heruntertröpfelte; — aber seht her! — jetzt ist der Mund ganz leer.

5.

Der Glasberg.

Auf einem hohen Glasberg stand einst ein Schloß von purem Gold, und vor dem Schloß ein Apfelbaum, auf welchem goldene Aepfel wuchsen. Wer einen goldnen Apfel pflückte, der kam in das goldene Schloß, und dort in einer Silberstube saß die bezauberte Prinzessin, von wunderbarer Huld und Schönheit. Sie hatte ungeheure Schätze, voll Edelsteine sind die Keller und ganze Kisten feinsten Goldes stehn rund umher in allen Stuben.

Schon viele Ritter waren von jeher gekommen, doch mochten sie sich vergebens bemühen, den Berg zu erklimmen. Auf scharf beschlagnem Pferde kletterte Mancher hinan, und von der Hälfte Weges fiel er den glatten, steilen Berg mit schwerem Sturz hinunter. Der Eine brach sich den Arm, der Andere sein Bein und Mancher gar das Genick!

Die schöne Prinzessin sah von ihrem Fenster aus, wie solche herrliche Ritter vergebens auf ihren schönen Pferden in die Höhe zu kommen suchten. Der Anblick der Prinzessin gab ihnen immer neuen Muth. Von allen vier Weltgegenden kamen sie herbeigelaufen und die arme Maid wartete schon sieben Jahre lang auf ihren Retter!

Eine Menge Leichen, Ritter und Pferde lagen rund um den Glasberg; viele Sterbende ächzten traurig und konnten sich mit ihren gebrochnen Ribben nicht weiter schleppen. Die ganze Gegend sah aus wie ein Kirchhof. Schon sollte in drei Tagen das siebente Jahr zu Ende sein, als ein Ritter in goldener Rüstung auf muthigem Rosse den Weg nach dem Glasberg ritt. Er ließ sein Pferd erst einen Anlauf nehmen, klomm zu Aller Erstaunen den halben Berg hinan und kehrte glücklich zurück. Am folgenden Tage mit dem Grauen der Morgenröthe treibt er wieder, da ihm die erste Probe gelungen, sein Pferd auf den Berg zu. Das Roß stampft auf dem Glase wie auf ebener Erde und die Funken sprühen aus den Hufen. Alle Ritter umher blicken verwundert, — schon ist er dem Gipfel ganz nahe. Sie sehen wieder hin und er steht schon neben dem Apfelbaume. Da erhebt sich ein großmächtiger Falke, rauscht mit seinen breiten Flügeln und trifft damit die Augen des Pferdes. Das Pferd scheut sich, öffnet die weiten Nasenlöcher und hebt die dichte Mähne; dann bäumt es sich hoch empor, die Hinterfüße glitschen aus, und es fällt mit sammt dem Ritter den steilen Berg hinunter. Von beiden blieben nur die Knochen übrig, die in der zusammengeflossenen Rüstung wie trockene Erbsen in der Blase klapperten.

Nur ein Tag fehlt noch bis zum Schluß des siebenten Jahres. Da kommt ein Schüler heran, ein flotter Bursche, ein schmucker, kräftiger und großer Jüngling. Er sieht wie viele Ritter vergebens sich die Hälse brechen; drum geht er nach dem glatten Berge und klettert ohne Pferd hinan. Vor einem Jahre schon, da er noch zu Hause bei seinen Eltern war, hat er von der Prinzessin viel gehört, die in dem goldenen Schlosse sitzt auf dem Gipfel des gläsernen Berges. Er ging also in den Wald, tödtete einen Luchs und machte sich dessen lange und scharfe Krallen an Händen und an Füßen fest.

Mit diesen Waffen versehen, klettert er kühn auf den gläsernen Berg. Die Sonne war im Untergehen, der Schüler blieb auf der Hälfte seines Weges stehen. Er kann kaum athmen vor Ermattung; der Durst backt ihm den Mund zusammen. Eine schwarze Wolke flog vorüber, doch vergebens bittet und beschwört er sie, einen Tropfen wenigstens fallen zu lassen. Vergebens öffnet er den Mund; — die schwarze Wolke fliegt vorüber und auch kein Tröpfchen Thau feuchtete die ausgetrockneten Lippen an.

Die Füße sind ganz blutig, wund, er hält sich nur noch mit den Händen. Der Tag geht unter, — und er blickt nach oben, um noch des Berges Gipfel zu erschauen; doch muß er so den Kopf in die Höhe wenden, daß die schöne Mütze herunterfiel. Dann blickt er nach unten — Himmel! welcher Abgrund! dort ist ein sicherer und unausweichlicher Tod! Die halb verfaulten Menschen- und Pferdeleichen verpesteten den reinen Athem: es waren dies die Ueberreste der kühnen Jünglinge, die eben so wie er, hinaufzudringen suchten.

Schon ist es finstere Dämmerung; die Sterne beleuchteten blaß den gläsernen Berg, und der junge Schüler hing wie angeschmiedet an seinen blutigen Händen. Höher hinauf kam er nicht mehr, denn er hat alle seine Kräfte erschöpft. Er weiß sich keinen Rath mehr, und so ausgestreckt erwartet er den Tod. Plötzlich schließt ihm der Schlaf die Augen. Er vergißt seine gefährliche Lage und schlummert süß ein. Aber obwol schlafend hat er doch die scharfen Krallen so tief in's Glas gehackt, daß er bis Mitternacht ganz ruhig schlief, und nicht den Berg hinunter fiel.

Den goldenen Apfelbaum vertheidigte der Falke, der jenen Ritter mit dem Pferd herabgeworfen hatte. Immer umflog er Nachts als wachsamer Wächter den Glasberg. Kaum war der Mond aus den Wolken hervorgedrungen, als er sich aus dem Apfelbaum erhob, und in der Luft umher kreisend den Schüler erblickte.

Nach Aas begierig und gewiß, daß dieser eine frische Leiche sei, läßt sich der Vogel plötzlich herunter und setzt sich nieder. Aber der Bursche schlief nicht mehr, er erblickte den Falken und beschloß, sich mit seiner Hülfe vom Berge zu retten.

Der Falke senkte seine scharfen Krallen in das Fleisch des Jünglings. Der Bursche ertrug den Schmerz geduldig und packte die Füße des Vogels. Dieser hob ihn erschrocken hoch mit sich empor und begann, um den Thurm des Schlosses zu kreisen. Der Schüler hielt sich noch immer rüstig fest; er blickte auf den glänzenden Pallast der bei den bleichen Strahlen des Mondes wie eine trübe Lampe leuchtete; er blickte auf die hohen Fenster, die von vielfarbigem Putz flimmerten, und auf dem Balkon saß die wunderschöne Prinzessin in trübseligen Gedanken versunken. Der Bursche sah den goldenen Apfelbaum jetzt in der Nähe, zog aus dem Gürtel sein kleines Taschenmesser hervor, und schnitt dem Falken beide Füße ab. Der Vogel stieg vor Schmerz in die Höhe, bis er in den Wolken verschwand und der Jüngling fiel auf die breiten Zweige des Apfelbaumes.

Da zog er die Falkenfüße, die mit den Krallen in seinem Fleisch geblieben waren heraus, legte die Schaale eines goldenen Apfels auf die Wunden und gleich war Alles wieder heil. Dann pflückt er sich die Taschen voll solcher goldener Aepfel und, mit diesem Schatz beladen, geht er dreist in's Schloß hinein. Beim Thore hält ihn ein großer Drache an; doch kaum hatt' er einen Apfel auf ihn geworfen, als der Drache in den Graben sprang und verschwand.

Sogleich öffnete sich eine große Pforte; er erblickte einen Hofplatz voll Blumen und schöner Bäume und auf dem Balkon saß die schöne verwünschte Prinzessin mit ihrem Gefolge.

Als sie den schönen Jüngling sah, lief sie ihm entgegen und begrüßte ihn als ihren Herrn und Gemahl. Sie überlieferte ihm alle Schätze und der junge Schüler wurde ein mächtiger und reicher Herr. Doch auf die Erde kehrte er nicht mehr zurück, denn nur der große Falke, der des Schlosses und der Prinzessin Wächter war, konnte die unermeßlichen Schätze auf seinen Flügeln zur Erde tragen. Doch da er seine Füße verloren hatte, fand man im nahen Walde auf dem gläsernen Berge seinen Leichnam.

Als er einmal mit der Prinzessin, seiner Gemahlin, im Schloßgarten spazieren ging, blickte er hinunter und sieht zu seinem Erstaunen, wie sich unten eine große Menge Menschen versammelte. Er pfiff also auf seiner silbernen Pfeife und die Schwalbe, die im goldenen Schlosse als Botin diente, kam herbeigeflogen.

— »Flieg hin und frage was da Neues ist!« sprach er zum kleinen Vogel.

Und die Schwalbe flattert eilig fort, kommt bald zurück und sagt:

— »Das Falkenblut hat die Leichen da unten wieder belebt.

»Alle die unter diesem Berge umgekommen sind, erwachen heute wie aus einem Schlafe, setzen sich auf die rüstigen Rosse und das ganze Volk, von Erstaunen ergriffen, schaut auf das unerhörte Wunder.«

6.

Die drei Brüder.

Eine Hexe schlug immer in Gestalt eines großen Falken die Scheiben in den Fenstern der Dorfkirche aus. In demselben Dorfe wohnten drei Brüder, die es darauf abgesehen hatten den schädlichen Falken zu tödten. Doch vergebens lauerten die beiden Aeltern mit ihren Flinten; so oft der Vogel herabflog, schloß ihnen der Schlaf die Augen und sie erwachten immer erst, wenn schon die Fenster im Gotteshause klirrten.

Auch der Jüngste stellte sich nun auf die Lauer, aber um nicht einzuschlafen, legte er Dornen unter sein Kinn, damit er, wenn er etwa vom Schlaf überwältigt einzunicken versuchte, durch die stechenden Spitzen wach gehalten würde.

Schon war der Mond aufgegangen und es war hell beinah wie bei Tage. Da hört er ein großes Gesause. Die Hexe erblickte ihn und ließ die Schlummersucht auf ihn herab.

Seine Augenlider schlossen sich, aber kaum fiel sein Kopf auf seine Schultern, als er, von den Dornen bis auf's Blut gestochen, sogleich erwachte. Er sieht den Falken, wie er schon rund um die Kirche flattert. Schnell greift er nach seiner Flinte, zielt und mit dem Schusse fällt der Falke unter einen großen Stein. Des Vogels rechter Flügel war zerschmettert; der Bursche läuft hinzu nnd sieht, daß unter diesem Stein sich ein ungeheurer Abgrund geöffnet hat. Das zeigt er seinen Brüdern an und schleppt mit ihrer Hülfe ein langes Seil und eine Menge Kien herbei. Das Seil mit sammt dem angebrannten Kien ließen sie bis an den Boden des Abgrundes hinunter. Zuerst war es ganz dunkel und die hölzerne Fackel beleuchtete nur feuchte und schmutzige Erdwände. Der Jüngling läßt sich selbst am Seil hinab; dort blühten immerwährend schöne Blumen und immergrüne Bäume.

Mitten in dieser wundervollen Gegend stand ein großes, festgemauertes Schloß. Das eiserne Thor des Schlosses war weit geöffnet. Alles war hier von Kupfer; nur eine Jungfrau saß darin, die kämmt ihr goldgelocktes Haar. So wie ein Haar auf die Erde fällt, klingt es wie reines Metall. Er sieht die Jungfrau näher an: sie ist glatt und weiß, hat blitzende Augen, goldiges Haar; — und von Liebe entbrannt kniet er vor ihr nieder und bittet sie, ihn zu ihrem Gatten zu wählen. Die Jungfrau nimmt seinen Antrag freudig an, doch warnt sie ihn, daß sie nicht eher auf die Erde kommen dürfe, bis ihre Mutter, die alte Hexe getödtet sei. Zugleich erzählte sie, wie er sie mit nichts zu tödten vermag, als mit dem Schwerte, was im Schlosse hängt. Das Schwert ist aber so schwer, das er es nicht wird tragen können.

Nun geht er in das folgende Gemach. Hier war Alles von Silber und wieder saß eine Jungfrau darin, die Schwester seiner Braut. Sie kämmt ihr silbernes Haar und wie ein Haar auf die Erde fällt, dröhnt es wie eine Saite. Die zweite Jungfrau reichte ihm das Schwert, allein es schien unmöglich, es zu heben; da endlich kam die dritte Schwester hinzu und gab ihm Tropfen, die den Menschen stärker machen. Er trank einen Tropfen, aber noch hob er das Schwert nicht; er trank noch einen und schon rührte es sich etwas, als er daran faßte; erst mit dem dritten Tropfen nahm er es in seine Hand und schwenkte es hin und her.

Darauf wartete er im Schlosse versteckt, auf die alte Hexe. Endlich kam sie heran, da es schon ganz dunkel geworden war. Sie ließ sich auf einen großen Apfelbaum nieder, schüttelte einige goldne Aepfel und fiel sodann auf den Boden. Sogleich nahm sie wieder eine menschliche Gestalt an und verwandelte sich aus einem Falken in ein Weib. Darauf wartete der junge Bursche nur und schwang sein scharfes Schwert kräftig in der Luft: ihr Haupt fiel nieder und das Blut spritzte hoch an die Mauer.

Frei von jeder Furcht verpackt er nun die Schätze all in Kisten, giebt den Brüdern dann ein Zeichen; diese ziehn sie in die Höhe. Nach den Schätzen noch erschienen die drei Mägdlein auf der Erde. Alles war hinauf gesendet, — er allein blieb nur noch unten. Doch den Brüdern noch mißtrauend läßt er einen Stein am Stricke von den beiden Burschen ziehen. Anfangs zogen sie wol kräftig, doch kaum war er in der Mitte, ließen sie ihn plötzlich fallen und der Stein war ganz zerschmettert.

— »So würden meine Knochen zerschmettert worden sein, hätte ich ihnen getraut!« sagte der Jüngling traurig. Er fing an bitterlich zu weinen, aber nicht wegen der

Schätze, sondern wegen des schmucken Mägdleins mit dem Schwanenhals und dem goldgelockten Haar.

Und lange irrte er betrübt umher in dem schönen unterirdischen Lande. Da begegnete er einem Zaubrer; der fragt ihn nach der Ursache seiner Thränen. Als ihm der Jüngling nun alles erzählt hatte, sagte jener zu ihm:

— »Sei ruhig, junger Mensch! wenn du die Kinder vertheidigst, die auf dem goldenen Apfelbaum verborgen sind, werde ich dich gleich auf die Oberfläche der Erde bringen. Denn ein anderer Zaubrer, der dieses Land bewohnt, frißt immer meine Kinder auf. Vergebens hab' ich sie unter der Erde verborgen, vergebens im festgemauerten Schlosse. Jetzt hab' ich sie auf dem Apfelbaum versteckt: verbirg auch du dich dorten, um Mitternacht kommt der Verbrecher an.«

Der Jüngling kletterte auf den Baum, pflückte sich die schönen goldenen Aepfel und verschmauste sie als köstliches Abendessen.

Um Mitternacht sauste der Wind und unter dem Apfelbaum entstand ein dumpfes Geräusch. Der Bursche blickt hinunter und sieht einen langen, großen Wurm, der geradezu auf den Baum schießt. Der Wurm wand sich rund um den Stamm des Baumes und kroch immer höher. Er steckte seinen ungeheuren Kopf mit dem blitzenden Auge aus den Zweigen hervor und suchte nach dem Rest der kleinen Kinder. Diese aber zitterten vor Angst und versteckten sich hinter den großen Blättern.

Da schwenkte der Jüngling das gewichtige Schwert und hieb den Kopf auf einmal ab: den Rumpf zerhackte er wie feinen Mohn und warf den so zugerichteten Leichnam in alle vier Winde.

Ueber den Tod seines Feindes erfreut, nahm der Vater der geretteten Kinder den Jüngling huckepack auf seinen Rücken und trug ihn auf die Oberfläche der Erde.

Mit welcher Freude eilte er nun nach dem weißen Hofe seiner Brüder. Er lief in die Stube hinein, — aber

Niemand wußte, wer er war. Nur seine Geliebte, die bei ihren Schwestern als Köchin dienne mußte, erkannte sogleich den Geliebten.

Die Brüder, welche ihn schon allenthalben todt gesagt hatten, gaben ihm alle seine Schätze zurück und flohen erschreckt in die Wälder. Er aber ließ sie aufsuchen, theilte mit ihnen, erbaute ein großes Schloß mit goldenen Fenstern und lebte dort mit seiner goldgelockten Gattin glücklich bis an den Tod.

7.

Die Eiche und der Schaafpelz.

Es war einmal eine schöne Prinzessin, die hatte einen grausamen und schlechten Vater. Da sie es nicht länger zu Hause aushalten konnte, zog sie einen Schaafpelz an, der ganz klebrig von Schmutz war und ging aus, einen Dienst zu suchen.

An das Reich ihres Vaters grenzte ein anderes Land, über das eine verwittwete Königin herrschte. Die Königin hatte einen einzigen Sohn und wünschte, daß dieser recht bald heirathen möchte, — aber lange schon suchte er und konnte nichts passendes finden. Zu dieser Königin nun begab sich unsere Prinzessin in Dienst. Als nun ein Feiertag kam, wollte die arme Aufwäscherin in die Kirche gehen, aber die Königin brachte einen großen Topf Mohn, der mit Asche vermischt war, und befahl ihr den Mohn auszulesen;

denn eher sollte sie nicht in die Kirche gehen, bis sie die auferlegte Arbeit vollendet hätte.

Sie setzte sich also auf den Hof und weinte bitterlich. Da kamen aber zwei graue Tauben herbeigeflogen, die sagten zu ihr mit leisen Worten:

— »Weine nicht, Prinzessin! lege dich nur auf den Rasen und schlafe ganz ruhig: wir werden dir unterdessen den Mohn auslesen und dich bald auch wecken, damit du noch zu rechter Zeit in die Kirche kommst.«

Und der Schlaf schloß ihre Augenlider. Als sie darauf erwachte sah sie zu ihrem Erstaunen, daß der Mohn schon ausgelest war. Sie bringt ihn zu ihrer Herrin und eilt in den Wald.

Unterwegs begegnet sie dem jungen Prinzen, dem gerade, als sie vorbei ging, die Peitsche aus der Hand fiel. Die Prinzessin hob sie auf und gab sie ihm mit einer Verbeugung; er aber schlug sie erzürnt auf den Pelz und ließ sie weinend weiter gehen.

Im Dickicht des Waldes stand eine große Eiche; von der konnte sie Alles haben was sie nur verlangte. Sie klopfte an den Baum und sprach:

— »Thu dich auf, goldene Eiche! ich möchte gerne reiche Kleider haben, einen schönen Wagen und große Dienerschaft.«

Und sogleich erglänzte ein goldenes Gewand um ihren schönen Körper, sie setzte sich in einen prächtigen Wagen, und von zahlreichem Gefolge umgeben fuhr sie in die Kirche.

Kaum trat sie hinein so wandten sich schon Aller Augen auf sie. Auch der junge Prinz war dort zugegen und von ihrer Schönheit entzückt sendete er seinen Marschall zu ihr, um zu erfahren von wo die schöne Dame sei.

— »Aus der aufgehobenen Peitsche!« antwortete die Gefragte.

Und der junge Prinz suchte vergebens nach einer Stadt oder einem Dorf, das solchen Namen führte.

Es verflossen einige Wochen bis wieder ein Feiertag kam und die Aufwäscherin bat wieder ihre Herrin um Erlaubniß, in die Kirche zu gehen. Und die Königin brachte wieder zwei Töpfe mit Mohn und Asche.

Sie setzte sich also wieder auf den Hof und weinte bitterlich. Da kamen zwei graue Tauben herbeigeflogen und sagten leise:

— »Weine nicht, Prinzessin! lege dich auf den Rasen und schlafe ganz ruhig. Wir lesen dir den Mohn auf und wecken dich dann, daß du zur rechten Zeit in die Kirche kommst.«

Und der Schlaf schloß ihre Augenlider. Als sie erwachte sieht sie, daß der Mohn schon ausgelest ist. Sie bringt ihn ihrer Herrin und eilt in den Wald. Da begegnet sie auf dem Schloßplatz dem jungen Prinzen, der einen goldenen Ring suchte. Die Prinzessin findet den Ring und giebt ihn dem Prinzen wieder; doch dieser reißt ihr zornig den Ring aus der Hand und stößt sie selbst ärgerlich fort, damit sie seine reichen Kleider nicht beschmutze.

Weinend ging sie in den Wald: dort stand im Dickicht eine große Eiche aus der sie Alles, was sie wollte, haben konnte. Sie klopfte an den Baum und sprach:

— »Thu dich auf, goldene Eiche! ich möchte gerne reiche Kleider haben, einen schönen Wagen und große Dienerschaft.« Und sogleich erglänzte ein reiches Gewand um ihren schönen Körper, sie setzte sich in einen goldenen Wagen, und eine große schön betreßte Dienerschaft umgiebt sie.

Kaum trat sie in die Kirche als Aller Augen sich auf sie wendeten. Entzückt, sendet der Prinz seinen Marschall zu ihr, um zu erfahren von wo die schöne Dame sei.

— »Aus dem goldenen Ring!« erwiederte die Gefragte. Der junge Prinz suchte vergebens nach der Stadt oder dem Dorfe, das solchen Namen führte.

Und sie kehrt wieder mit ihrem Gefolge in den Wald zurück. Die Eiche verbirgt Kleider und Wagen und Alles, und schließt sich wieder darüber zu. Dann ging sie mit ihrem schmutzigen Pelz angethan in das Schloß der Königin.

Und wieder verflossen einige Wochen und an einem Feiertage bat sie wieder ihre Herrin um Erlaubniß in die Kirche zu gehen. Diesmal gab ihr die Königin keine Arbeit mehr auf und die junge Prinzessin eilte in den Wald, klopfte an die Eiche und sprach:

— »Thu dich auf, goldene Eiche! gieb mir die reichsten Gewänder, den schönsten Wagen und die geputzteste Dienerschaft.« Sogleich erglänzten ganz goldene und silberne Gewänder um ihren schönen Körper, ein zierlicher Wagen erschien und eine zahlreiche Dienerschaft in köstlicher Livrei. Kaum trat sie in die Kirche, so wandten sich Aller Augen auf sie. Auch der junge Prinz war dort zugegen.

Da er aber vergebens allenthalben nach ihr gesucht hatte, so wollte er durch eine List die Wahrheit erfahren. Als sie nämlich schon drinnen war, ließ er große Fässer mit Pech, die schon im Verborgenen in Bereitschaft gestanden hatten, vor der Kirche ausgießen, so daß der ganze Kirchhof ein großes Meer von Pech wurde.

Die junge Prinzessin ging nach beendigtem Gottesdienst zur Kirche hinaus, doch der leichte Fuß blieb haften. Sie flieht so schnell sie kann, aber den einen Schuh muß sie als Beute lassen. Dann kehrt sie voll Furcht und Schrecken mit ihrem Gefolge in den Wald zurück. Die Eiche nahm wieder den Wagen und die Dienerschaft auf, dann schloß sie sich wieder zu. Die junge Prinzessin mit ihrem schmutzigen Pelz bedeckt ging in das Schloß der alten Königin.

Voll Freude ergriff der Prinz den erbeuteten Schuh und suchte allenthalben nach der unbekannten Schönheit. Vergebens sendete er allenthalben seine Boten umher: auf keinen Fuß wollte der Schuh passen, denn kein Fuß war so klein und niedlich.

Von Betrübniß ergriffen ging der Prinz mit gebeugtem Haupte vor dem Schlosse umher. Da kamen ein Paar weißer Täubchen herangeflogen, die sagten zu ihm:

— »Du sinnst vergebens, junges Herrchen! wir wissen, woran du denkst und was du begehrst. Entsinne dich, wie vor kurzer Zeit dir unterweges Jemand die Peitsche aufhob und später dir den goldenen Ring, den du verloren, aufhob und wiedergab. Dort findest du auch das Füßchen zu dem niedlichen, goldenen Schuh.«

Und dann flogen sie wieder fort. Der Prinz befahl sogleich, die Aufwäscherin im schmutzigen Pelz in die goldenen Gemächer des Schlosses zu bringen.

Vergebens weinte und klagte sie; schnell trug man sie auf den Händen herein und da erglänzte unter dem schmutzigen Schaafpelz ein reiches Gewand und ein goldener Schuh. Da erkannte man, daß diejenige, für die des Prinzen Herz in Lieb' entzündet war, die verachtete Küchenmagd gewesen.

Bald ertönte rauschende Musik im Schloß und die Wände der Säle erdröhnten von lustigen Liedern. Aus den Fässern floß Meth und Wein, denn man beging das frohe Hochzeitsfest des Prinzen mit dem sogenannten Schaafpelz.

Und in der Nähe jener Eiche aus der immer die schönen Gewänder, Wagen und Diener hervorgekommen waren, erbaute die Prinzessin eine Kapelle, dem lieben Gott zu Ehren, Preis und Dank.

8.

Die Geschwister.

Es waren einmal zwei Geschwister, ein Bruder und eine Schwester. Sie waren Vater- und Mutterlose Waisen, und obwol sie ein großes Königreich besaßen, waren sie doch nicht ganz glücklich.

Die Schwester war so schön, daß ihr leiblicher Bruder sich in sie sterblich verliebte. Endlich beschloß er, sie zu heirathen und eröffnete ihr seine Absicht, — aber sie verwarf dieselbe mit Abscheu. Da rief er voll Verzweiflung aus:

— »Ich will in die weite Welt gehn, ob ich nicht vielleicht Eine finde, die dir ähnlich ist, und dann siehst du mich niemals wieder; — denn ich heirathe nur eine Solche, die dir in allen Stücken gleich ist. Finde ich sie aber nicht, so kehre ich wieder zurück und du mußt durchaus die Meine werden.«

Die Unbesonnene versprach ihm, seinen Willen zu thun und der junge Prinz reiste vergebens in allen Ländern, die gen Abend und Morgen liegen. Sieben Jahre wanderte er umher, — am Ende des siebenten kehrte er zurück und verlangte, seine Schwester solle ihr Versprechen erfüllen. Da erst sah sie ein, welchen Fehler sie begangen und um nur die Hochzeit zu verzögern, verlangte sie von ihm ein Brautkleid so glänzend wie der Mond und die Sterne.

Er brachte ihr auch wirklich bald das herrliche Gewand, aber da begehrte sie noch ein anderes, so glänzend wie die liebe Sonne. Auch das wurde ihr bald vom verliebten Prinzen geschenkt. Endlich wollte sie ein Wäglein haben, auf dem sie fahren könnte wohin sie wollte, ohne von Jemandem gesehen zu werden.

Mit Hülfe eines Zauberers gab ihr nun der Bruder

einen solchen Wunderwagen; — jetzt gab es kein Mittel mehr, den feierlichen Tag noch länger zu verschieben. Sie ging also in ihr Gemach, schickte heimlich die Magd hinaus und auf dem Wagen stehend begann sie, die schönen Kleider anzulegen. Während des Ankleidens aber sprach sie immer die Worte:

»Oeffne dich, Erde, weit!
Die Schwester der Bruder freit:
Ist große Sünde!«

Als sie schon zur Trauung ganz geputzt war, öffnete sich die Erde und die schöne Prinzessin wurde mit sammt dem Wagen vom Abgrund verschlungen. Im Fallen jedoch spuckte sie auf den Boden und befahl dem Speichel, mit der Stimme der Dienstmagd zu reden.

Der ungeduldige Bruder schickte einen seiner Höflinge, zu sehen wo die schöne Braut verweilt. Der Höfling klopft an die Thür und frägt ob die Prinzessin bald bereit ist. Der Speichel antwortete darauf mit der Stimme der Dienstmagd:

— »Sie hat den einen Strumpf schon angezogen.«

Bald klopft der Höfling wieder an die Thüre und ruft hinein:

— »Die Gäste warten schon, der Bräutigam wartet; — ist denn die Prinzessin noch nicht fertig?»

Der Speichel antwortete wieder:

— »Nun hat sie ihr Kleid angezogen; bald ist sie ganz fertig.«

Der Abend kommt heran und ein dichter Nebel fällt auf die Erde. Der ungeduldige Bräutigam klopft und ruft vergebens, — endlich befiehlt er die Thür mit Gewalt zu erbrechen. Er tritt mit seinem Gefolge in das Gemach, — da antwortet ihm der Speichel, als der Prinz nach seiner Schwester fragt:

»Deine Schwester ist schon unten, —
Dies hat sie dir hinterlassen:
— Oeffne dich, Erde, weit!
Die Schwester der Bruder freit:
Ist große Sünde!«

9.

Das Gespenst.

Ein armer Schüler ging auf der Heerstraße nach der Stadt. Da stieß er an den Mauern des Thores auf einen unbekannten Leichnam, der von den Vorübergehenden mit Füßen getreten wurde. Er hatte freilich nicht viel Geld im Sack, aber mit Vergnügen gab er doch seine paar Groschen zu einem christlichen Begräbniß her, damit die Leiche nicht bespieen und umhergeworfen würde. Dann betete er auf dem frischen Grabhügel und ging rüstig weiter in die Welt hinein.

Er kam in einen Eichenwald und schlief ermüdet unter einem Baume ein. Als er erwachte, sah er zu seinem Erstaunen, daß seine Taschen ganz mit Gold gefüllt waren. Er dankte der unsichtbaren wohlthätigen Hand und kam an einen großen Fluß, bei dem er nicht weiter konnte. Zwei Fuhrleute aber, die seine goldgefüllten Taschen sahen, nahmen ihn in ihr Boot und mitten auf dem Wasser raubten sie ihm sein Geld und warfen ihn in den Fluß.

Ohnmächtig wurde er von den Wellen hin und her geschleudert, und schon war er für immer verloren, als ihm zufällig ein Brett entgegen geschwommen kam. Fast bewußtlos klammerte er sich an den Balken und gelangte glücklich an's Ufer. Das war aber eigentlich kein Brett, sondern der Geist des beerdigten Leichnams, und er sprach zu ihm mit folgenden Worten:

— »Du hast meinen Leichnam begraben lassen; — ich danke dir herzlich dafür! zum Zeichen meiner Dankbarkeit sollst du von mir lernen, wie man sich in eine Krähe verwandeln kann.« Darauf lehrte er ihn die Worte der Verwünschung. »Und nun« fuhr er fort, »geb' ich dir einen Brief an meinen leiblichen Bruder; — der wird dich lehren, wie man sich in einen Hasen und in einen Reh verwandelt.«

Da nun der Schüler alle diese Kunststücke wußte, verwandelte er sich immer nach Gefallen in eine Krähe, einen Hasen oder ein Reh. So wanderte er lange und weit, bis er an den Hof eines mächtigen Königs kam, der ihn als Hofjäger in seine Dienste nahm. Dieser König hatte eine reizende Tochter; sie wohnte aber auf einer unzugänglichen und von allen Seiten vom Meere umflossenen Insel. Ihr Schloß auf dieser Insel war ganz von Kupfer und ein Schwert war darin so groß und stark, daß wenn man es in der Luft schwang, man die größten Heere damit besiegen konnte. Gerade zu jener Zeit waren die Feinde des Königs an den Grenzen seines Landes; — Er brauchte also nothwendig das siegreiche Schwert, aber es schien unmöglich dasselbe zu erlangen, da bisher noch Niemand auf die einsame Insel gekommen war.

Er machte also bekannt, daß wer von der Prinzessin das Schwert herbeischaffen würde, nicht allein ihre Hand erhalten, sondern auch nach seinem Tode seinen Thron besteigen solle.

Aber Niemand war so kühn, das zu wagen. Endlich erscheint der frühere Wanderer und jetzige Jäger des Königs vor demselben, erklärt daß er bereit sei, den Befehl zu erfüllen und bittet nur um einen Brief, damit auf dieses Zeichen die Prinzessin ihm sogleich die Waffe herausgeben möge.

Alle erstaunten schier und der König vertraute ihm den Brief an seine Tochter an. Der Bursche ging in den Wald und wußte gar nicht, daß ein anderer Jäger des Königs seinen Schritten folge.

Zuerst verwandelt er sich in einen Hasen, dann in ein Reh, und so lief er mit voller Kraft und lief ein gut Stück Weges bis er an das Ufer des Meeres kam. Da verwandelte er sich in eine Krähe und flog über das große Gewässer einher bis er auf der Insel ankam.

Er trat in das kupferne Schloß und überreichte der Prinzessin das Schreiben ihres Vaters, mit der Bitte ihm sobald als möglich das Schwert auszuliefern.

Die schöne Prinzessin sah den Jäger an und er gewann gleich auf den ersten Blick ihr Herz. Darauf fragte sie ihn, wie er in das Schloß hätte gelangen konnen, das von allen Seiten vom Meere umflossen und noch von keinem menschlichen Fuß betreten war.

Da erzählte der Jäger, daß er heimliche Zaubersprüche kenne, mit denen man sich in ein Reh, in eine Krähe und in einen Hasen verwandele. Die schöne Prinzessin bittet ihn, in ihrer Gegenwart eine solche Verzauberung vorzunehmen. Er machte sich also zu einem schönen Reh und fing an zu hüpfen und der Jungfrau Hände zu lecken, bis die Prinzessin heimlich aus seinem Rücken einen Streifen Fell herausschnitt. Als er nachher sich zum Hasen machte und mit emporgehobenen Löffeln umhersprang, schnitt ihm die Prinzessin wieder aus dem Rücken ein Stückchen Fell.

Darauf verwandelte er sich in eine schwarze Krähe und fing an, im Gemach umher zu flattern und nun riß die Prinzessin aus seinen Flügeln heimlich einige Federn heraus. Dann schrieb sie einen Brief an ihren Vater und übergab ihm das siegreiche Schwert. Der junge Schüler flog übers Meer, lief dann als Reh ein gut Stück Weges, bis er endlich in der Nähe des Waldes als Hase einherhüpfte. Dort lauerte schon auf ihn der verrätherische Jäger, welcher gesehen hatte, wie das Reh zum Hasen geworden war. Er spannte seinen Bogen und schoß den Pfeil ab, — der flog auch dem Hasen in's Herz. Nun nahm er dem todten Thiere den Brief und das Schwert fort, trug beides nach dem Schlosse und übergab es dem Könige. Zugleich verlangte er, daß dieser sein Versprechen erfüllen solle.

Der hocherfreute König sagte ihm die Hand der Prinzessin zu, setzte sich auf auf sein Pferd und reitet mit dem guten Schwerte kühn in den Krieg. Kaum hatte er die Fahnen seiner Feinde von weitem erblickt, als er kräftig nach allen vier Weltgegenden hin sein Schwert zu schwenken anfing. Bei jedem Streiche fielen ganze Reihen der Feinde getödtet zur Erde, und die Andern von Schreck ergriffen flohen davon wie die furchtsamen Hasen. Froh kehrte er mit seiner Siegesbeute zurück und bringt die schöne Tochter mit sich, um sie dem Jäger der das Schwert gebracht als Gattin anzutrauen.

Ein herrliches Mahl wurde ausgerichtet; — die Spielleute machten köstliche Musik und das ganze Schloß glänzte von Lichtern. Aber traurig saß die Prinzessin an der Seite des schändlichen Jägers. Sie hatte sogleich bemerkt, daß er nicht derselbe sei, den sie im Schlosse gesehen, aber sie wagte nicht, ihren Vater nach dem anderen Jäger zu fragen. Sie weinte nur heimlich, denn ihr Herz schlug dem Andern entgegen.

Und jener arme Schüler lag in seinem Hasenfelle ein ganzes Jahr lang todt unter der Eiche. Da fühlt er sich mitten in der Nacht einmal aus seinem tiefen Schlaf erweckt. Siehe da! der wohlbekannte Geist des Leichnams steht vor ihm, den er hatte beerdigen lassen. Der Geist erzählte ihm, auf welche Weise ihn der verrätherische Jäger getödtet und sagte mit freudiger Stimme:

— »Morgen ist der Trauungstag der Prinzessin. Drum eile in's Schloß so schnell du nur kannst: sie und auch dein Feind der Jäger werden dich sogleich erkennen.«

Schnell sprang der Jüngling auf und ging mit klopfendem Herzen nach dem Schlosse des Königs. Er trat in das Gemach: eine zahlreiche Gesellschaft war dort versammelt: alle Gäste aßen und tranken nach Herzenslust. Die schöne Prinzessin erkannte ihn im selben Augenblick: vor Freude schreit sie laut auf und sinkt in Ohnmacht; aber der böse Jäger wurde vor Schrecken blaß und grün.

Da erzählte der arme Jüngling die Art, wie er verrathen und ermordet worden, und um vor Allen ein Zeugniß für die Wahrheit des Gesagten abzulegen, verwandelte er sich in ein schlankes Reh und begann, die Prinzessin zu liebkosen. Sie aber legte ihm den Streifen, den sie aus seinem Fell geschnitten auf den Rücken, und der Streifen wuchs sogleich daran fest. Dann verwandelte er sich wieder in einen Haasen und wieder wuchs das Stückchen Fell, das die Prinzessin abgeschnitten und wohl verwahrt hatte, wie früher fest. Alle blickten erstaunt und waren es noch mehr als sich der Jüngling gar zur Krähe machte. Die Prinzessin zog die Federn hervor, die sie aus den Flügeln in ihrem Kupferschloß herausgezogen und sogleich wuchsen die Federchen zusammen.

Da befahl der König, den schändlichen Jäger hinzurichten. Der getreue Jüngling erhielt die Hand der Prinzessin und diese weinte nicht mehr, denn der Wunsch ihres Herzens war nun erfüllt. —

10.

Die Flucht.

Eine schöne verwünschte Prinzessin saß in einem hohen Bergschloß in der Gewalt einer bösen Hexe. Die Hexe hütete das junge Mädchen wie den Stern ihres Auges und ein junger Prinz, welcher mit der Prinzessin verlobt war, ging vergebens um den Berg herum und guckte in die Fenster des Schlosses, wo seine Braut in Sehnsucht schmachtete. Oft weinte er dann wohl heiße Thränen, bis sich endlich eine Wahrsagerin sein erbarmte und ihm versprach, die verwünschte Prinzessin zu befreien. Ihrem Worte getreu verwandelte sie sich in eine Taube, setzte sich auf das Fenstergitter des Gemaches, in welchem die Gefangene wohnte und sagte zu derselben:

— »Da hast du einen Kamm, eine Bürste, einen Apfel und ein Bettlaken. Fliehe mit diesen Dingen aus dem Schlosse. Wird dich die Hexe verfolgen, so wirf zuerst den Kamm hin, sieh dich um und fliehe weiter. Läuft sie dir dann noch nach, so wirf die Bürste und dann den Apfel zur Erde. Und hört sie immer noch nicht auf, dich zu verfolgen, so wirf das Laken hin und du wirst in das Schloß deines lieben Vaters gelangen.«

Die schöne Prinzessin dankte dem guten Täubchen auf's Herzlichste und wartete mit der Ausführung ihres Vorhabens bis zum folgenden Donnerstag. An diesem Tag, da es eben nach Neumond war, setzte sich die Hexe auf eine Schaufel und ritt mit lautem Geschrei auf den Kahlen-Berg. Diese Zeit benutzte die Prinzessin und früh mit Tagesanbruch läuft sie fort. Sie läuft so schnell sie kann, doch endlich sieht sie sich um und erblickt zu ihrem Schrecken die böse Hexe, die auf einem Hahn schon ganz dicht hinter ihr her geritten kömmt!

Voll Angst wirft sie den Kamm hinter sich, so wie ihr das Täubchen geheißen. Der Kamm dehnt sich aus eine Meile in die Länge und eine Meile in die Weite und wird zum mächtigen Flusse. Die aufgehende Sonne beleuchtete das blaue Wasser, heerdenweise plätscherten wilde Gänse und Enten darauf herum und die Schwalben netzten im schnellen Fluge die schwarzen Flügel in den glänzenden Wellen. Die Hexe, durch den ungeheueren Strom in ihrem Laufe aufgehalten und sieht indem sie vor Wuth zittert, schäumt, wie auf dem entgengesetzten Ufer die schöne Prinzessin in eilenden Sprüngen sich immer weiter entfernt. Sie besteigt also von Neuem ihren Hahn, wirst sich in's Wasser, schwimmt durch den Fluß und holt ihren Flüchtling ein.

Die Prinzessin erblaßte vor Schrecken und wirft die Bürste hinter sich. Dann sieht sie sich um und o Wunder! aus jeder Borste wird ein ungeheurer Baum. Und es entsteht ein mächtiger Wald, ganz finster und dicht. Zahlreiche Heerden von Wölfen heulten in demselben umher, und die Hexe, in ihrem Laufe aufgehalten, kann kaum in einem ganzen Tage durch das Dickicht und die Gebüsche sich zerren.

Aber auch die Prinzessin war müde und konnte nicht mehr so eilig vorwärts wie am Beginn ihrer Flucht. Deswegen konnte auch die Hexe, nachdem sie einmal durch den Wald gekommen, der Fliehenden bald nach. Die arme Prinzessin vermag sich kaum weiter zu schleppen und wirft den Apfel hinter sich. Der Apfel wächst zum ungeheuren hohen und steilen Berge. Die Zauberin schäumte schon wieder vor Zorn und Wuth, aber Alles half nichts: sie mußte den Berg hinan und vom Gipfel herab erblickte sie die Prinzessin, die mit mattem Schritt, vor Angst und Beschwerde zitternd, kaum noch zu fliehen vermochte.

Die Hexe besteigt wieder ihren Hahn und fliegt Pfeilschnell vom Berge herab. Schon war sie ihrem unglücklichen Opfer so nahe, daß sie den Saum ihres Kleides erfaßte: Da wirft diese das Laken zur Erde und ein breites Meer trennt sie von ihrer Verfolgerin. Der Wind bewegte die Wellen; die Hexe mit ihrem Vogel versucht noch durch's Meer zu schwimmen. Doch war ihr Mühen vergebens: von weitem sah sie wie Schnee aus, der von dem glänzenden Schaume der brausenden Wogen bespritzt ist.

Und glücklich kam die Prinzessin nun in das Schloß ihres Vaters. Dort wartete schon ihrer Ankunft der Prinz, der traute Verlobte. Der König gab nun ein Gastmahl und man feierte gleich auch die Hochzeit. Das Schloß erglänzte von Lichtern, indessen die schändliche Hexe auf ihrem ertrunkenen Hahne noch immer im Meere herum ritt, in die Höh' von den Wellen geschleudert. Sie sah das glänzende Schloß an und hörte die lustigen Geiger und der Gäste freudiges Jauchzen. Wuthschnaubend fluchte sie lange und verschied in den gräßlichsten Schmerzen.

Sogleich verschwand das große Meer und auf den Feldern bei dem Schloße blieb noch der Hexe Leichnam liegen. Allein die Krähen und die Raben flohn schnell vorbei an ihrem Aase. Vergebens will man sie begraben; die Erde warf die schmutzige Leiche von Neuem immer in die Höhe. Und sicher wär' sie dort geblieben, trug nicht in einer Nacht der Sturmwind den eklen Körper auf den Platz hin desselben Schlosses, wo sie früher gefangen hatte die Prinzessin.

11.

Die Krähe.

In einem Königlichen Pallast lebten drei Schwestern; alle drei waren sie gleich hübsch und jung: die Jüngste aber, obgleich sie gar nicht schöner war als die beiden Aelteren, war doch von Allen die beste.

Nicht weit davon, etwa eine halbe Meile entfernt, stand ein anderes Schloß, das aber schon ganz verfallen war, und bei demselben ein köstlicher Garten. In diesem Garten spazierte häufig die jüngste Prinzessin.

Einmal ging sie in der Lindenallee auf und ab, da hüpfte aus einem Rosengesträuch eine schwarze Krähe hervor. Das arme Thierchen war ganz zerfetzt und blutig, so daß die gute Prinzessin Mitleiden mit ihr hatte. Doch kaum sah dies die Krähe, als sie in folgenden Worten ausbrach:

— »Keine schwarze Krähe bin ich, sondern bin ein junger verwünschter Prinz und muß meine jungen Jahre so im Elend verleben. Wenn du's wolltest, o Prinzessin, könntest du mich wohl erretten. Sei für immer mir Gefährtin, trenne dich von deinen Lieben, zieh in dieses Schloß zu mir. Ein Gemach ist hier noch wohnlich, drinnen steht ein goldnes Bette: einsam wirst du dorten leben. Doch vergiß nicht! was du in der Nacht auch siehst und hörst, daß du nur ja kein Angstgeschrei von dir giebst; denn wenn du nur ein einziges Mal zu schreien versuchst, so sind meine Qualen verdoppelt.

Und die gütige Prinzessin verläßt Vater und Geschwister, eilt nach dem verfallenen Schlosse. Dort bewohnt sie eine Stube, drinnen steht das goldne Bette.

Aber voll von Gedanken kann sie nicht einschlafen.

Als die Mitternacht heran kam hört sie zu ihrem nicht geringen Schreck daß Jemand heranschleicht. Die Thür öffnete sich sperrweit und ein Heer böser Geister trat in das Gemach. Auf dem großen Heerde zünden die Teufel ein mächtiges Feuer an; — dann stellen sie einen weiten Kessel darauf voll siedenden Wassers. Dann nähern sie sich mit Lärm und Geschrei dem Bette, reißen das zitternde Mädchen heraus und schleppen es zum Kessel.

Sie starb beinah' vor Furcht, aber doch gab sie keinen Laut von sich. Da krähte plötzlich der Hahn und Alles verschwand. Und da erschien die Krähe und hüpfte vor Freuden im Gemach umher. Sie dankte der Prinzessin für ihren Muth, denn schon waren die Leiden des armen Thierchens bedeutend vermindert.

Die eine von den älteren Schwestern, die sehr neugierig war, hatte Alles erfahren und besuchte die Jüngste im verfallenen Schlosse. Hier drang sie so sehr mit Bitten in sie, bis das gute Kind ihr endlich erlaubte, eine Nacht mit ihr im goldenen Bette zuzubringen. Als um Mitternacht die bösen Geister erschienen, schrie die Aeltere vor Furcht laut auf und sogleich ertönte ein schmerzliches Gezwitscher. Von nun an aber nahm die Jüngste keine ihrer Schwestern mehr zu Gaste.

So lebte sie einsam die Stunden des Tages und litt die schrecklichste Angst vor den Gespenstern bei Nacht; jeden Tag aber kam die Krähe und dankte für ihre Ausdauer und versicherte, das schreckliche Leiden sei schon bedeutend vermindert.

So waren zwei Jahre vergangen, da kam eines Tages die Krähe und sprach Folgendes zu der Prinzessin:

— »In einem Jahre bin ich frei von der Strafe die mir auferlegt ist; denn dann sind schon sieben volle Jahre verflossen. Ehe ich jedoch meine wahre Gestalt und die Schätze meins Vaters wieder bekomme, mußt du in die weite Welt, als Magd zu dienen.«

Die junge Prinzessin, dem Willen ihres Bräutigams gehorsam, diente nun ein ganzes Jahr lang, und obgleich sie jung und hübsch war entrann sie doch den Schlingen der Bösen.

Eines Abends, da sie gerade Flachs spann und die weißen Händchen ganz müde gearbeitet hatte, vernahm sie ein Geräusch und frohes Geschrei. Da tritt ein schöner Jüngling ein, kniet vor ihr nieder und küßt die müden weißen Händchen.

— »Ich bin es,« rief er aus, »ich bin der Prinz, den du durch deine Güte, da ich noch in Gestalt einer schwarzen Krähe umher wandelte, von den furchtbarsten Qualen befreit hast. Komm nun mit mir auf mein Schloß! wie glücklich wollen wir da beisammen leben!«

Und sie kommen nach dem Schlosse, wo sie solchen Schreck erlebt hat. Ganz unkenntlich war der Pallast, schön verziert und ausgebessert. Hundert Jahre lebt sie drinnen, hundert freudenvolle Jahre.

11.

Das Täubchen.

Ein junger Prinz ritt auf die Jagd und sah dort einen Apfelbaum, — es wuchsen goldene Aepfel drauf. Er sendet seine Diener hin, die schönen Früchte abzupflücken; doch langt kaum Einer mit der Hand hin, so springen gleich die Zweige seitwärts und lassen keine Frucht sich pflücken. Erzürnt springt er nun selbst vom Pferde und eilig läuft er auf den Baum zu. Doch eben so wie seine Diener, fliehn aus den Händen ihm die Früchte. Da zeigt sich endlich eine Taube; mit den grauen Flügeln schlagend führt sie den Prinzen in ein großes, doch altes und verfallnes Schloß hin.

In halb verwüstetem Gemache sitzt eine furchtbar häßliche Jungfrau: diese bietet ihm ihre Hand an, wenn er die Feinde besiegt und sieben Jahre hindurch keine Andere liebgewinnt.

Der Prinz erblaßte bei den Worten und kehrt mit Ekel seinen Blick ab: — ein Scheusal war's und keine Jungfrau — und eilig flieht er durch die Pforten aus dem verfall'nen Schloß in's Freie.

Kaum kehrte er zurück nach Hause, so brach sogleich ein großer Krieg aus. Der alte König schickt den Sohn fort, das ganze Kriegsheer anzuführen. Gehorsam rückt mit seinen Rittern der junge Prinz hinaus in's Lager und schlug an einem heißen Schlachttag fast alle seine vielen Feinde.

Bald sind auch sieben Jahr' verflossen: der Prinz ritt wieder in die Wälder und sah denselben Apfelbaum und auch darauf die goldene Aepfel. Da denkt er auch der häßlichen Jungfrau und von Neugier ergriffen geht er in's Schloß. Alles anders! statt der Mauer, Alles von Krystall und hinter einer Wand von weißem Glase sieht er eine wunderschöne Maid anstatt des alten Scheusals. Und die Jungfrau sieht den Prinzen, fällt vor ihm zu Füßen nieder und beschwört ihn ängstlich bittend, keinen Schritt vorwärts zu gehen: denn das ganze gläserne Schloß umgiebt eine tönende Saite. Wer die Saite berührt der weckt sogleich mit ihrem Ton ein Heer von bösen Geistern.

Der verliebte Prinz, der mit gierigen Augen auf das wundervoll reizende Mädchen blickte, zog sich sinnend zurück und dachte über die Art nach, wie sich das schöne Mädchen befreien ließe. Er ruft seinen Lautenspieler und befiehlt ihm, sich hinter der Wand zu verbergen und auf ein gegebenes Zeichen alle Saiten anzuschlagen. Einen Augenblick darauf ertönten die Saiten; das ganze Schloß ward erschüttert und eine Schaar von bösen Geistern flog nach dem Orte hin, von woher die Saiten geklungen. Und während nun der arme Lautenspieler vergebens schrie, die Hände rang und weinte, da ihn die bösen Geister grausam plagten, stürzt schon mit einem Sprung der Prinz in's Zimmer und führt draus fort die wunderschöne Jungfrau. Da schwanden von dem hohen Apfelbaume die goldnen Aepfel, und das graue Täubchen verschwand sogleich aus jenem Schloß. In dieser Taube flog die Seele des Vaters der verwünschten Prinzessin, der vor der Zeit gestorben war, in den Himmel.

Die Jungfrau führt der Prinz nach Hause; der alte König weint vor Freude, daß er erlebt die Schwiegertochter, die noch dazu so herrlich schön ist. Ein köstlich Hochzeitsmahl bestellt' er, lud viele Gäste auch zusammen, und noch vor seinem Tod erheitert er seine alten, alten Tage mit Enkeln, schön wie ihre Mutter.

Anmerkungen

zum dritten Buche.

1. Die Kröte.

Fast ganz dieselbe Klechde ist eine bekannte Volkssage der Hindus, bloß mit dem Unterschiede, daß die schöne Prinzessin nicht in eine Kröte sondern in einen Affen verwandelt ist. Indessen ist auch bei uns dieselbe Erzählung, in welcher ein Affe die Hauptrolle spielt, keineswegs ungewöhnlich. Der Vergleichung wegen folgt hier die indische Sage in ihrer ganzen Länge:

— Ein König hatte sieben Söhne. Da sie nun Alle das nämlich Alter erreicht, dachte er daran, sie ordentlich zu verheirathen. Weil er aber unter den Brüdern keine Zwietracht anrichten und Keinem einen Vorzug vor dem Andern geben wollte, so fragte er seinen Wessir um Rath, wie wol am klügsten in der Sache zu verfahren sei. Der Wessir, ein weiser Mann, wollte sich mit einer so kitzlichen und undankbaren Sache nicht befassen; er sann daher einen Augenblick nach und sagte:

— »Wenn du diese Angelegenheit glücklich beendigt wissen willst, Herr König, so schreib ein allgemeines Festmahl aus. In glänzendem Zuge fahre dann an der Spitze deines Adels, der Prinzen, deiner Söhne, und eines zahlreichen Heeres in das nahe Thal. Dort mache durch den Mund deines Dieners dem versammelten Volke deine Absicht bekannt und lasse sieben Bogen nebst sieben Pfeilen bringen. Den sieben Prinzen befiehlst du, die Pfeile zu ergreifen und nach verschiednen Seiten hin zu schießen und wohin sie fliegen, da mögen deine Söhne suchen; ein Jeder findet sicher eine Frau, wie sie ihm von den Göttern bestimmt ist.‹

Dem Könige gefiel der Rath. Er versammelte sogleich ein zahlreiches Heer, setzte sich auf seinen Elephanten und ritt nach dem nahen Thale. Ihm folgte der Adel und die bedeutendsten Beamten seines Landes, auch die ganze Hauptstadt und Alles lagerte sich auf der Ebne mit einer Menge Pferde, Kameele und Büffelochsen.

Am bestimmte Tage, da das ganze Volk versammelt war, machte der Wessir mit lauter Stimme die Absicht des Königs bekannt und kaum hatten die Prinzen eingewilligt und den verlangten Eid geleistet, daß sie sich Allem, was da kommen mag unterwerfen, so brachte man sieben Bogen nebst sieben Pfeilen und die Brüder wählten sich darunter denjenigen, welcher ihnen am besten gefiel. Dann schossen sie die Pfeile los und ein jeder flog nach einer entgegengesetzten Seite. Der eine fiel vor dem Hause des Wessirs nieder, der eine schöne Tochter hatte; fünf andere flogen vor Palläste vornehmer Herren vom Hofe; nur der Pfeil des jüngsten Bruders blieb in einem Tamarindenbaum stecken.

Die Unruhe über diesen Vorfall war groß. Der König berieth sich wieder mit seinem Wessir, aber der kluge Rathgeber, welcher immer nur darauf bedacht war, alle Verantwortlichkeit von sich abzuwälzen, meinte, man solle die Wahrsager und heiligen Männer am Hofe befragen: denn diese würden am besten entscheiden können, in wie weit ein so unglücklicher Schuß den Prinzen verbinde.

Auf des Königs Befehl versammelten sich also vor des Monarchen Angesicht die frommen und gelehrten Männer des Landes. Nachdem sie die Sache ordentlich überlegt, erklärten sie, der Prinz sei wol verpflichtet die übernommene

Verbindlichkeit zu lösen, und es sei besser, er vermähle sich mit einem Baum, als wenn er sein Wort nicht halte und meineidig würde.

Der König erkannte die Gerechtigkeit eines solchen Ausspruchs, und obwol es seinem Herzen gar nahe ging, daß sein Lieblingssohn einen Baum heirathen solle, so befahl er doch, man solle der leblosen Braut alle die Ehre erweisen, die man den vornehmen Jungfrauen erwies, welche in die königliche Familie aufgenommen wurden. Der kluge Wessir tröstete ihn indessen mit der Bemerkung, daß es eine bloße Ceremonie sei, und daß nach der Hochzeit dem Prinzen erlaubt sein würde, eine passendere Lebensgefährtin zu wählen. Der König wurde in der That hierdurch beruhigt und mit erleichtertem Herzen ordnete er Alles zum glänzenden Hochzeitsfest.

Der Tag kam heran, da man der Tochter des Wessirs und den fünf übrigen Jungfrauen die Hochzeitsgeschenke überreichen sollte, und nachdem dies geschehen war, legte man mit gleich feierlicher Pracht zu Füßen des Baumes eine eben so große Anzahl Körbe mit Geschenken samt dem Heirathsvertrage nieder, der mit goldnen Buchstaben auf Pergament geschrieben war. Bei dieser Gelegenheit bemerkten diejenigen, welche mit den Geschenken beauftragt waren, daß dieser Baum einer der schönsten seiner Gattung sei, und daß im Schatten seiner breitblättrigen Zweige eine reine Quelle entspringe.

Am folgenden Tage gingen sie wieder zu dem Baum und erblickten anstatt der Körbe, welche sie dahin gestellt, andere bei weitem schönere mit den köstlichsten Shawls, silbernen und goldnen Stickereien, Diamanten vom reinsten Wasser und Früchten, die an Wohlgeruch und Schönheit die einheimischen weit übertrafen. Außerdem noch fand man an einem besondern Orte einen Brief, in welchem geschrieben stand, daß der Baum die Geschenke des Prinzen annehme; zugleich war bemerkt, der Bräutigam möge doch am bezeichneten Tage mit passendem Gefolge sich einfinden, um seine Braut an den Ort ihrer Bestimmung abzuführen.

Die ungewöhnliche Heirath machte großes Aufsehen und allenthalben sprach man davon. Niemand zweifelte, daß die Quelle am Fuß des Tamarindenbaums der Aufenthaltsort einer Hexe sei, aber Niemand kannte sie genauer, noch auch wußte man zu sagen, welche Braut sie wol dem Prinzen bestimmt haben möge.

Endlich kam der Hochzeitstag. Der Bräutigam setzte sich auf ein Pferd und an der Spitze seines Gefolges ritt er zum Tamarindenbaum. Dort fand er eine gleich glänzende Gesellschaft vor, die zu Pferde und in zahlreichen Palankins auf ihn wartete. Das Gedränge war aber so groß, daß man weder die Braut noch ihre Frauen sehen konnte.

Der Prinz ritt neben dem schönsten Palankin und gab sich vergebens alle Mühe, der unbekannten Jungfrau die in demselben saß, seine Achtung zu bezeigen. Während er aber so in Träumereien an sein künftiges Glück versunken einherritt, bemerkte er Anfangs nicht, wie der Zug vom rechten Wege, der nach dem Pallast führte, abgewichen. Bald sah er sich sogar in einer gänzlich unbekannten Gegend, und die ganze ihn begleitende Menge kam mit ihm an eine hohe Mauer, die einen unermeßlichen Raum umgränzte. Der Zug blieb an dem Thore stehen, wo ein ehrwürdiger Greis den Prinzen bat, er möge die Seinen entlassen, da die Dienerschaft der ihm verlobten Jungfrau für sie Beide hinreichend sei.

Ein Wunsch der geheimnißvollen Beherrscherin seines Herzens war Befehl für den gefühlvollen Prinzen. Er entließ daher sein Gefolge und schloß sich an die Fremden an. Man führte ihn durch drei oder vier große Höfe, die an allen vier Seiten mit schön verzierten Säulenhallen umgeben waren, und die zu den Wohnungen der vornehmsten Beamten des Hofes führten. Endlich kam man in den Garten, der voll von den seltesten Bäumen und Blumen war, und auf denselben hüpften Vögel mit dem köstlichsten Gefieder.

In der Mitte des Zaubergartens stand ein Marmorpallast von so herrlicher Bauart, daß er Alles übertraf, was das Auge des Prinzen bisher gesehen hatte. Er trat hinein und erblickte eine Menge Teppiche, goldene und silberne Gefäße und Spiegel; — die Gemächer waren mit Wohlgerüchen angefüllt und Badewannen standen darin von dem feinsten Porzellan. Der Neuvermählte warf nur einen flüchtigen Blick auf diese Pracht und durch alle die Zimmer, die in langer Reihe fortliefen, eilte er ungeduldig fort, um so schnell wie möglich vor seiner Gemahlin zu erscheinen. Aber wie vom Blitz getroffen blieb er stehen, da er sah daß seine Gattin — ein häßlicher Affe war.

Jedoch besaß er eine zu gute Erziehung und ein zu gutes Herz, als daß er in Aller Gegenwart hätte kund geben sollen, wie schrecklich er getäuscht war: vielmehr machte er ein ganz frohes Gesicht und mit der größten Höflichkeit blieb er nach wie vor bei seiner Gattin stehn. Diese antwortete ihm in wohlgesetzter Rede auf seine Artigkeiten und zeigte so viel Witz und Lebhaftigkeit, daß der Prinz viel von seinem Widerwillen verlor und bald sogar vergaß, daß er mit einem häßlichen Thier sich unterhielt, und zwar von jener Gattung, die er von allen am wenigsten leiden mochte.

Zugleich bemerkte er, daß der ganze Hofstaat aus lauter Affen bestand, und es freute ihn daher nicht wenig, daß er die Seinigen entlassen hatte.

Manchmal freilich flogen leichte Trauerwolken über die Stirn des jungen Gemahls, doch wurden diese bald durch den Frohsinn und das liebliche Geplauder der Gattin vertrieben. Sie spielte mehre Instrumente und sang vorzüglich schön. Der Prinz, allmälig mit seinem Schicksal versöhnt, empfand nur noch eine Sorge: — er wußte nämlich nicht, wie er vor seiner Familie die unselige Gestalt seiner Gattin verbergen sollte. Deßwegen kam er immer mit verstellter Fröhlichkeit an seines Vaters Hof und nahm sich wohl in Acht mit seiner Rede, damit ja das Geheimniß nicht verrathen würde.

Indessen wurden die Prinzen, seine Brüder, häufig von ihren Gemahlinnen nach der unsichtbaren Schwägerin gefragt; — doch war es unmöglich, diese Neugier zu befriedigen. Sie vergingen vor Ungeduld, Alles zu erfahren und jedes Mittel wurde angewendet, die wunderbare Verwandte zu erblicken. Doch waren alle Anstrengungen vergebens, denn sie nahm keinen Besuch an und besuchte eben so wenig Jemanden. Die Schwägerinnen ersannen deßhalb verschiedne Vorwände, und die alten Weiber am Hofe, die noch neugieriger waren als sie, wurden jeden Augenblick in den Pallast geschickt, um daselbst irgend etwas zu erspähen. Aber es half keine List, denn Niemand wurde hineingelassen. Vorbeireisende Kaufleute, Taschenspieler, Wahrsager und Sänger wurden ebenfalls wieder abgefertigt und sogar diejenigen Wanderer, welche zufällig in der Nähe der Pallastpforte erkrankten, bekamen keine Hülfe, wenn auch ihre Leiden noch so herzzerreißend waren.

Da nun die Prinzessinnen auf diese Weise all' ihren Witz erschöpft hatten, kamen sie endlich noch auf einen Gedanken, der ihnen wenn auch nicht gerade günstigen Erfolg für ihre Neugierde, so doch Rache für die unzähligen Niederlagen versprach, welche ihr Scharfsinn erlitten hatte.

Sie beredeten also den König, ihren Schwiegervater, ein glänzendes Mahl auszurichten und waren dabei nur auf den Vorwand begierig, mit welchem die unbekannte Schwägerin ihr Nichtkommen entschuldigen würde. Der jüngste Prinz merkte sogleich die listige Falle, und weil er nicht wußte, wie die boshafte Absicht seiner Feindinnen zu vernichten sei, verfiel er in einen tiefen Kummer.

Die Veränderung welche im Gemüth des Prinzen vorgegangen war, konnte der aufmerksamen Gattin nicht entgehen, doch konnte sie auf ihre Fragen keine andre Antwort erhalten, als daß er herzlich betrübt sei, weil sie, die an

Eigenschaften der Seele so weit über seinen Schwägerinnen stände, sich nicht zeigen dürfe, ohne Spott und Hohngelächter zu erregen. Das liebenswürdige Thier war augenscheinlich tief gerührt; — lange stand sie in Gedanken versunken, plötzlich warf sie vor den Augen des erstaunten Prinzen die Affenhaut von sich, und zeigte sich seinen verwunderten Blicken als das schönste Weib, das man nur denken kann, in einer prächtigen und reichen Kleidung.

— »Nie hab' ich« sprach sie zu ihrem entzückten Gemahl, »nie hab' ich früher meine Maske abgelegt, denn ich kann dies niemals ohne große Gefahr thun. Trotz dieser scheußlichen Haut lebten wir glücklich mit einander, und ich hatte nicht nöthig mich des Aeußern wegen, das doch in den Augen eines so verständigen Mannes nur geringen Werth hat, einer solchen Gefahr auszusetzen. Nimm diese Affenhaut, die ich nur ungern abgelegt habe, und verwahre sie sorgsam während meiner Abwesenheit: wir Beide würden, wenn wir sie verlören, in großes Elend versinken. Ich kann dir deßhalb nicht genug empfehlen, sie ja nicht aus den Augen zu lassen.

Nachdem sie so gesprochen ging sie fort, noch ehe der Prinz von seinem Erstaunen zu sich gekommen war. Wort für Wort widerholte er die Ermahnung seiner Gemahlin, aber je mehr er darüber nachdachte, desto mehr überzeugte er sich, daß es für ihn keineswegs gleichgültig sei, ob er eine Frau in schöner menschlicher oder in häßlicher Affengestalt besäße. Dieser Gedanke ward ihm immer unerträglicher, und er beschloß daher, trotz der angedrohten Gefahr, seiner Gemahlin die Gelegenheit zu nehmen, ihre Reize noch ferner zu verdecken, und mit einem Worte, — die Affenhaut zu verbrennen.

Indessen verwunderten sich die Gemahlinnen der sechs übrigen Prinzen nicht wenig, als sie in den Saal des königlichen Pallastes ihre Schwägerin eintreten sahen. Sie wußten nicht ob sie mehr über den Reichthum ihres Putzes, oder über ihre fast himmliche Schönheit, oder über die Anmuth und den Zauber ihres Betragens erstaunt sein sollten. Doch dauerte diese Betäubung nur einen Augenblick und bald wich die unwillkürliche Ehrenbezeigung dem Neide, da sie sich selbst mit ihr verglichen. Noch war diese Eifersucht nicht ganz zum Ausbruch gekommen, als die schöne Prinzessin plötzlich von ihrem Stuhl in die Höhe sprang, daß alle Gäste darüber erschraken, und mit dem Ausruf: »ich brenne! ich brenne!« verschwand sie aus den Blicken der entsetzten Versammlung. *)

2. Die Pfeife.

Diese ganze Klechde trägt den urslawischen Stempel an sich. Wir finden in den Sagen eben so wohl, wie in den Liedern des Volkes, eine eigenthümliche Farbe: — die Geister der unschuldig-Erschlagenen, pflegen die Gestalt weißer und grauer Tauben anzunehmen und aus ihren Gräbern wachsen Eichen, Birken und Weiden hervor.

Ein solcher Baum hat nicht die gewöhnlichen Säfte, sondern das rothe Blut des getödteten und beerdigten Men-

*) Bis hierher steht diese Erzählung im augenscheinlichsten Zusammenhang mit unsrer polnischen Sage; — in ihrem weitern Verlauf ist sie jedoch ganz unabhängig von derselben. Das Ende des indischen Märchens ist natürlich, daß der Prinz nach vielen Abentheuern im Geisterreiche seine Gemahlin wiederfindet. S. Asiatic Journal, 1835, Nr. 19.

schen in sich. Zur Vergleichung folgt hier ein slowakisches Lied: *)

Anna ging nach Wasser
Auf die grüne Wiese, —
Kann kein Wasser schöpfen.
Zürnend flucht die Mutter,
Und sogleich verwandelt
Wird die Maid zur Birke.

Gingen da zwei Burschen,
Beide waren Geiger:
„Ach, du lieber Bruder,
Sind schon weit gewandert
Nimmer kam uns solche
Birke zu Gesichte.
Wollen rasch uns schneiden
Jeder eine Geige,
Jeder einen Bogen.

Fingen an zu schneiden,
Blut quoll aus der Birke.
Schraken gleich zusammen,
Fielen auf die Erde,
Und die Birke sagte:

„Braucht nicht zu erschrecken;
Könnet ruhig schneiden,
Jeder eine Geige,
Jeder einen Bogen.
Dann geht hin und spielet,
Singet Trauerlieder
Vor der Mutter Thüre:

*) Weltliche Volkslieder der Slowaken in Ungarn, gesammelt von Szafarzyk (in böhmischer Sprache).

Dieses ist die Jungfrau,
Die zur Birke wurde.»

Und die Burschen gingen,
Spielten Trauerlieder.
Hört es wohl die Mutter,
Eilet vor die Thüre:

„Ach, ihr guten Burschen,
Macht mir keine Trauer!
Hab' genug schon Kummer,
Seit mein Annchen todt ist!«

3. Knüppel 'raus!

Diese Erzählung ist eine von den am meisten verbreiteten in Polen und Reußen. Ich habe sie eben so am Dniester, am Prut, an der Lomnitz und am Bug, wie an der Narew, dem San und der Weichsel gehört. Johann Nepomuck Kaminski *) hat in seiner Oper: Twardowski, die wunderbaren Knüppel auf die Scene gebracht, was bei einem so nationalen Süjet allerdings ganz an seinem Platze ist.

*) Direktor des polnischen Theaters zu Lemberg, bekannt und beliebt als dramatischer Schriftsteller. Seine Uebersetzungen der Schiller'schen Trauerspiele sind zum Theil ganz vortrefflich.

4. Der Hexenmeister und sein Lehrling. 6. Die drei Brüder. 9. Das Gespenst. 11. Die Krähe.

Den Hauptgegenstand aller dieser Klechden machen die wunderbaren Verwandlungen von Menschen in Vögel und Thiere aus. Obwol diese Art von Sagen sicherlich eine fremde ist, so sind sie doch unter unserm Volke schon von sehr alten Zeiten her bekannt. Es sind noch zahlreiche Bruchstücke von Verwünschungsformeln vorhanden. Die Macht der Worte ist dem Volksglauben zufolge so stark, daß durch sie Krankheiten geheilt, Menschen verwandelt und die Gewitter beschworen werden können.

Viele dieser Formeln sind nachher zu sprichwörtlichen Flüchen geworden. So z. B. die Redensart: »daß du versteinern möchtest!« die in folgender Begebenheit ihren Ursprung haben soll. In der Stadt Strzelno, in dem Regierungsbezirk Bromberg, lebte vor Zeiten eine entsetzlich faule Magd; — wenn ihre Dienstfrau sie irgendwo hinschickte, so konnte man sicher sein, daß sie in den ersten Stunden nicht wiederkommen würde. Eines Tages ging sie mit ihren Eimern nach der nahen Quelle um Wasser zu schöpfen, und blieb nach alter Gewohnheit lange weg. Da rief die Dienstfrau ungeduldig aus: »daß sie doch versteinern möchte!« Nun verfloß eine Stunde nach der andern und die Magd kam nicht wieder, bis sich endlich die Frau entschloß, selbst nach der Quelle zu gehen, um die Dirne zu suchen. Aber wie groß war ihr Erstaunen, als sie Magd und Eimer in Stein verwandelt fand. Und noch bis auf den heutigen Tag zeigt man unweit des genannten Städtchens, im Dorfe Mlyny, einen großen Steinblock, der aus der Ferne wirklich einige Aehnlichkeit mit dem Gegenstand hat, welchen er vorstellen soll.

In der Wojewodschaft Lublin graben die alten Weiber

die man als Hexen kennt, wenn sie zornig sind, im Walde eine kleine Grube in die sie Gänseeier legen, und über denen sie wie Hühner brüten, und zwar so nahe am Fahrweg, daß jeder Vorübergehende sie sehen kann. Die Furcht ist unbeschreiblich, die alsdann die Bewohner des Dorfes erfüllt, denn die Hexe beschwört, während sie brütet, den Sturm und Wind und droht die ganze Gegend mit Hagelschlossen, so groß wie Gänseeier, zu vernichten. Die Bauern laufen dann mit der größten Demuth zu ihr und bringen ihr allerlei Geschenke, damit sie nur nicht ein so großes Unglück ausbrüten möge.

Bei den reußischen Bergbewohnern am Prut, den sogenannten Huzulen, herrscht der Glaube, daß Hexen ebenfalls durch die Gewalt ihrer Worte ein Ungeziefer zu den Menschen kommen lassen. So kannte ich eine Frau, auf welche eine Zauberin aus den Bergen einen Frosch herabgesandt hatte. Das Thier folgte ihr auf allen ihren Tritten und quäkte unaufhörlich. Die arme Frau wußte wol, daß wenn sie den Frosch tödten würde, sie sich selber den marteryollsten Tod zuziehen müßte. Sie ergriff also den Frosch, hing ihn im Schornstein auf und räucherte ihn mit Holzspänen, die auf neun Höfen, sieben Gräbern und drei Kreuzwegen aufgesammelt waren. Kaum hatte sie auf diese Weise um Mitternacht das Rauchfeuer angeblasen, als die Zauberin kam und unter dem Vorwand, sie wolle sich nur einen Topf voll Sauerkraut borgen, in das Zimmer treten wollte. Aber die gewitzigte Frau ließ sie nicht herein und die Hexe vertrocknete zugleich mit dem Frosch und starb auch bald nach demselben.

Die Furcht vor solchen Verwünschungen hat überhaupt, wie natürlich, mehr Einfluß auf den Glauben des Volkes gehabt, als die Verwünschungen selbst. Aus eben derselben Quelle hat auch das Sprichwort: »er hat ihn verwünscht wie eine Schlange« seinen Ursprung. Der gemeine Reuße glaubt nämlich, daß man die giftigen Nattern durch eine

Verwünschungsformel ihres Giftes berauben und zwingen könne, allenthalben hin zu kriechen wo man es befehle. Das Sprichwort wird deshalb auf die Menschen angewendet, die sich irgend Jemand so unterthänig zu machen wissen, daß er genau allen ihren Befehlen nachkommt.

Die Formeln selbst jedoch und die Worte der Verwünschungen selbst wurden immer als großes Geheimniß bewahrt, weil sie durch Veröffentlichung ihre Macht verloren. Außer den Formeln waren aber noch verschiedene Handgriffe bekannt, vermittelst deren man sich das Glück günstig machen, oder das Unglück abwenden konnte. So legten die Jäger, um gewiß zu sein, daß sie niemals fehlen, Herz und Leber von Fledermäusen in das Blei aus welchem sie ihre Kugeln gossen.

In der Wojewodschaft Podlachien stacken die Jäger am heiligen Dreikönigstage, wenn ein Fluß oder ein Teich vom Priester zum Jordan geweiht ist, ihre geladenen Gewehre halb in das Wasser. Diese Gewehre werden Jordans-Flinten genannt und wer auch gar nicht zu schießen verstünde, könnte mit ihnen doch niemals sein Ziel verfehlen.

Den Schluß der Klechde: der Hexenmeister und sein Lehrling, habe ich Wort für Wort, wie ich ihn vom Erzähler gehört, aufgezeichnet, doch giebt es noch wunderlichere Schlüsse der Art, von denen ich der Merkwürdigkeit halber einen hersetzen will, den eine in ihrer Umgebung sehr beliebte Erzählerin jedesmal anzuwenden pflegt:

»Auch ich war dort und aß und trank nach Herzenslust. Alles floß am Kinn herunter und nichts blieb mir im Halse stecken. Mein Putz war ganz vorzüglich schön: ich hatte ein Kleid von Papier an, gläserne Schuhe und einen Kopfputz von Butter. Da nahm mich ein ungeschickter Bärenhäuter zum Tanz und zerbrach mir die Schuhe; in der Hitze zerschmolz der Kopfputz und das Kleid wurde zerrissen. Ich selber wurde krank, man warf mich auf den Mist, lud mich in eine Kanone zur Feier des Tages: — dann schoß man los und schoß mich grade so, daß ich nun bei euch sitze.

5. Der Glasberg.

Noch viele Erzählungen vom Glasberg kreisen bis auf den heutigen Tag unter dem polnischen Volke. So soll es unter andern eine Strafe der Verdammten sein, daß sie auf einen gläsernen Berg klettern müssen, und dann, so wie sie den einen Fuß auf den Gipfel gesetzt, ausglitschen und taumelnd wieder herunterfallen.

Bei den alten Litthauern war es ein religiöser Glaube, daß die Seelen der Verstorbenen einen furchtbar steilen Berg hinan müssen, weswegen man auch Luchs- und Bärenklauen mit ihnen verbrannte. Auf diesem Berge wohnte die höchste unbekannte Gottheit und richtete die Thaten der Menschen. Je reicher man gewesen war, desto schwerer wurde das Klettern, denn das irdische Hab und Gut belastete die Seele: der Arme hingegen kam leicht hinauf wie eine Feder, wenn er die Götter sonst nicht beleidigt hatte. Die Sünder wurden noch auf andere Weise hinauf gebracht: die reichen Sünder nämlich hob ein großer Drache, Namens Wisunas empor, der ihnen unterwegs die Glieder abfraß; die armen Sünder führte der Wind in die Höhe.

Wahrscheinlich haben diese religiösen Vorstellungen eines so nahen Stammes zu der bezeichneten Klechde Veranlassung geben; — die Veränderungen und Zusätze sind dann ohne allen Zweifel aus späterer Zeit.

8. Die Geschwister.

In dieser Erzählung wird die Schwester deswegen bestraft und von dem Abgrund verschlungen, weil ihr Bruder sie zu heirathen gedachte. Das Volk wollte darin einer schweren Warnung vor Sünde aufstellen, da es noch bis auf den heutigen Tag die nahen Verwandtschaften mit der größten Ehrfurcht betrachtet. Die Reußen sind in dieser Hinsicht so gewissenhaft, daß sie erst den Ablaß des Priesters einholen, wenn ein Bursche die Tochter seines Taufpathen heirathen will.

Uebrigens hat das Volk eine Heirath unter Geschwistern in seinen Liedern häufig als Katastrophe benutzt. Auch soll dieser Umstand zu dem Aufgebot in den Kirchen Veranlassung gegeben haben.

Eins der erwähnten Lieder ist folgendes:

Wandert einst ein Bursche weit nach Lemberg fort,
Steht ein Wirthshaus, sieht er, an 'nem neuen Ort,
Steht darin 'ne junge Maid.

— »Junge Wirthshausmaid
Setz' mir Bier und Wein bei Seit'.«

— »Wie geb' ich dir Wein, du Knecht,
Ist dein Rock doch gar zu schlecht.«

— »Ist mein Rock auch nicht mehr gut,
Hab' ich Groschen noch im Hut.«

— »Ei dann kriegst du Bier und Wein,
Will dich auch sogar noch frein.«

Ließen sich von dem Priester traun,
Schliefen dann bis zum Morgengraun.

Am folgenden Morgen aber kam es heraus, daß sie Geschwister waren. Sie trennten sich sogleich, und gingen in ein Kloster, um dort die große Sünde abzubüßen.

www.ingramcontent.com/pod-product-compliance
Lightning Source LLC
Chambersburg PA
CBHW060802310726
48980CB00002B/200
* 9 7 8 3 8 4 6 0 9 8 9 6 7 *